Klaus Eichner

Die Schüsse von Dölln

Eine Fallstudie

spotless erscheint im Verlag Das Neue Berlin
Redaktion: Frank Schumann

Bezug im Abonnement: 12 Ausgaben im Jahr
Jahresabonnement Inland 59,50 Euro
Europa 74,50 Euro, Welt 84,50 Euro
Einzelausgabe: 5,95 Euro

ISBN 978-3-360-02067-3

© 2012 spotless im Verlag Das Neue Berlin, Berlin
Umschlaggestaltung/Satz: edition ost
Cover-Foto © Robert Allertz
Druck und Bindung: CPI Moravia Books GmbH

Ein Verlagsverzeichnis schicken wir Ihnen gern:
Das Neue Berlin Verlagsgesellschaft mbH
Neue Grünstr. 18, 10179 Berlin
Fax 01805/35 35 42
Tel. 01805/30 99 99 (0,14 Euro/Min., Mobil max. 0,42 Euro/Min.)

Die Bücher von spotless und des Verlages Das Neue Berlin
erscheinen in der Eulenspiegel Verlagsgruppe.

www.edition-ost.de

Inhalt

Es war das Jahr 1958, Dieter Hallervorden,
Student der Romanistik, war aus Ost-Berlin in den
Westen geflüchtet. Er trat einer Burschenschaft bei.
[...] Mit (Kurt Eberhard) freundete sich Hallervorden
an, und die beiden überlegten, wie man helfen könnte,
das SED-Regime im Osten zu beseitigen. Es ging um
Flugblätter, um den Schmuggel verbotener Bücher –
und schließlich auch um das Attentat: Walter Ulbricht,
der verhasste Parteichef von Moskaus Gnaden, sollte
erschossen werden. Die Pläne waren recht präzise:
Von der S-Bahn aus wollten sie schießen, in Prenzlauer
Berg zwischen den Bahnhöfen Greifswalder Straße und
Zentralviehhof. Neben der Werner-Seelenbinder-Halle
spielte Walter Ulbricht öfter Tennis.
Hallervorden sollte die Waffe besorgen.

Der Tagesspiegel,
30. Januar 2009

Tyrannenmord

Wer sich ein wenig mit der Geschichte auskennt – und nach oberflächlicher Betrachtung handelt es sich hierzulande um eine Minderheit, die stetig schrumpft – , weiß den Begriff zu deuten. Es handelt sich um die politisch motivierte Tötung eines Herrschers und Unterdrückers. Das Volk entledigt sich gewaltsam seines Despoten. Das gilt als legitim, weshalb diese Form des Widerstands auch seit 1968 im Grundgesetz der Bundesrepublik fixiert ist. In Artikel 20, Punkt 4 heißt es: »Gegen jeden, der es unternimmt, diese Ordnung zu beseitigen, haben alle Deutschen das Recht zum Widerstand, wenn andere Abhilfe nicht möglich ist.« Das schließt den Tyrannenmord als letztes Mittel gegen einen verbrecherischen Diktator nicht aus.

So überrascht es denn nicht, dass der erste dokumentierte Tyrannenmord der Geschichte und die Geburtsstunde der Demokratie zeitlich zusammenfallen. 514 v. u. Z. gab es einen Anschlag auf zwei Despoten in Athen, Hippias und Hipparchos. Den Tyrannenmördern Harmodios und Aristogeiton setzten die Athener dafür ein Denkmal. Etwa ein halbes Jahrtausend später, 44 v. u. Z., starb der römische Diktator Julius Cäsar … So geht es denn durch die Jahrhunderte bis hin zum 20. Juli 1944.

Nach der seit 1990 gängigen Lesart, die geschichtsfälschend von den zwei Diktaturen in Deutschland spricht, welche man keineswegs gleichzusetzen, wohl aber zu vergleichen habe, muss es folgerichtig wie seinerzeit auf Hitler auch Anschläge auf die roten Despoten gegeben haben. Sie gelten als überzeugender Beweis dafür, dass diese Unterdrücker vom Volk abgelehnt und gehasst wurden. Und natürlich sind sie Ausweis für den Demokratie- und Freiheitswillen der Ostdeutschen, die sich tapfer wie der bekennende Antikommunist Joachim Gauck den Tyrannen entgegenwarfen.

Der Hamburger *stern* holte am 13. Januar 1983 Honecker auf die Titelseite: »Das Attentat«. Der Text neben einem kleinen Schwarzweiß-Foto verriet: »Ofensetzer Paul Eßling, der Mann, der Honecker erschießen wollte.« Vielleicht war das der Testlauf für die vermeintlichen Hitler-Tagebücher, mit deren Abdruck der *stern* Ende April, also drei Monate später, beginnen sollte und sich unsterblich blamierte.

Später kam nämlich heraus, dass es sich mit der Titelstory so verhielt wie mit den Hitler-Tagebüchern: Das angebliche Attentat auf Honecker war gar keines. *Spiegel online* schrieb dazu am 28. Dezember 2007, also ein Vierteljahrhundert nach dem Vorfall in Klosterfelde: »In halsbrecherischem Tempo überholte der grüne Lada 1300 die Volvo-Kolonne, die das Fahrzeug des Staatsratsvorsitzenden der DDR auf der Fernstraße 109 begleitet. Die Beamten der Staatssicherheit können den Raser abdrängen, bevor er den schwarzen Citroen, in dem Erich Honecker sitzt, erreicht. Vor Hausnummer Fünf in der Straße der Roten Armee im Dörfchen Klosterfelde bringen sie den Lada zum Stehen. Aus dem Wagen steigt Paul Eßling, 41, von Beruf Ofensetzer. In der Hand hält er eine 7,65-Millimeter-Walther-Pistole.«

Eßling schoss einem Personenschützer in die Brust, daraufhin eröffneten die anderen das Feuer, die Kugeln trafen jedoch nur die Autotür. Eßling setzte sich die Pistole an den Kopf und drückte zweimal ab. Der Hintergrund, so *Spiegel online,* ist natürlich politischer Natur: »Unter der Überschrift ›Das Attentat‹ berichtete DDR-Korrespondent Dieter Bub von einem Paul Eßling, den ›die kalte Wut‹ packte, als er die Kolonne sah. Schon vorher habe der geschiedene Vater von drei Kindern unter Bekannten immer wieder ›unbeherrscht auf Honecker und die SED-Regierung geschimpft. Wenn er nur könnte, wollte er es denen schon zeigen‹, so groß sei sein Hass auf die ›Bonzen aus dem Prominenten-Ghetto‹ gewesen.«

War's so?

Tatsächlich kam Eßling von der Betriebssilvesterfeier seiner Ex-Freundin, die ihm Tage zuvor den Laufpass gegeben hatte. Sein neuerlicher Versuch, die Scherben zu kitten, war gescheitert. Wütend hatte er sich in sein Auto geworfen und war nach zwei Kilometern auf den Honecker-Konvoi getroffen, wo es zu jenem Zwischenfall kam.

Die Ärzte stellten bei dem toten Eßling 2,5 Promille Alkohol im Blut fest.

Die DDR-Nachrichtenagentur *ADN* dementierte den Bericht des *stern* und die daraus von den Medien gekelterten Nachrichten (»Falschmeldungen westlicher Agenturen und Presseorgane«), und der *stern*-Korrespondent wurde des Landes verwiesen.

Recherchen nach der »Wende« bestätigten, dass die Darstellung von *ADN* korrekt war, auch die Staatsanwaltschaft Neuruppin kam 1995 zu dem Schluss, dass es sich um kein versuchtes Attentat gehandelt habe. Und was das Ende von Eßling betraf, so meinten die Ermittler des Rechtsstaats, dass es sich mit »hoher Wahrscheinlichkeit« tatsächlich um einen Selbstmord gehandelt habe. Zutreffend schrieb darum *Spiegel online* 2007: »So war ›das Attentat‹ wohl eher die persönliche Tragödie eines Betrunkenen, der im Moment der Bedrohung durch die Beamten zur Waffe griff, und kein Anschlag auf das kommunistische System.«

Nun, bis auf den Widerspruch, dass es in der sozialistischen DDR keine Beamten gab, war der Feststellung zuzustimmen.

Trotzdem geistert noch immer die Story vom Attentat in Klosterfelde durch die Medien, obwohl sie doch so falsch war wie die Hitler-Tagebücher.

Der Grund ist erkennbar: Zur Abrechnung mit der DDR gehört nun mal der Tyrannenmord, mindestens aber der Versuch. Schließlich war das Attentat auf Hitler am 20. Juli 1944 auch gescheitert – und dennoch überstrahlte es den Rest des Jahrhunderts zweckdienlich als Ausweis des »guten Deutschland«.

Weil offenkundig das Honecker-Attentat nicht so richtig überzeugte, durchforstete man die DDR-Geschichte nach vergleichbaren Vorgängen. Da hörte man plötzlich von Schüssen, die, reichlich zehn Jahre vor dem Zwischenfall in Klosterfelde, am Döllnsee gefallen sein sollen. Dort, in der idyllischen Schorfheide, befand sich ein sogenanntes Gästehaus der DDR-Regierung. Es wurde von Walter Ulbricht – seit 1960 Vorsitzender des Staatsrates – zur Erholung genutzt; es gibt Fotos von ihm, welche ihn mit seiner Frau Lotte in einem Ruderboot auf dem Wasser zeigen. Und es ist bekannt, dass Ulbricht kurz vor den Grenzsicherungsmaßnahmen am 13. August 1961 dort die wichtigen Personen der DDR in den Auftrag der Führungsmacht des Warschauer Vertrages einweihte. An diesem Ort, das nur nebenbei, sahen (und sehen) etliche Blätter eine vermeintliche Kontinuität von Geschichte, auf die sie stets hinweisen, wenn sie auf das Objekt am Döllnsee zu sprechen kommen. Schließlich hatte Reichsjägermeister Hermann Göring (sic!) es für seine Leibjäger errichten lassen.

Ulbricht, auch das ist geschichtsnotorisch, wurde zu Beginn der 70er Jahre aus dem Amt gedrängt. Über die Gründe und Umstände soll hier nicht berichtet werden, nur über die Tatsache, dass sich Ulbricht als Zwangspensionär in diesem Gästehaus aufhielt, als anderenorts, nämlich nahe Wandlitz, ein Eifersuchtsdrama stattfand. Ein Personenschützer erschoss dort seine Frau.

Aus diesem Mord und der Tatsache, dass Walter Ulbricht aus Sicht der neuen Führung und Moskaus zum Störfaktor in der DDR-Politik geworden war, wurde schließlich die krude These gebastelt, es habe so etwas wie den Versuch eines Tyrannenmordes, mindestens aber einen bewaffneten Diadochenkampf, wie man seit der Antike den Streit von Rivalen um ein verwaistes Amt bezeichnet, in Dölln gegeben.

Diese auf Unkenntnis und Halbwissen fußende Geschichte wird von Zeit zu Zeit kolportiert, was Grund genug ist, endlich einmal der historischen Wahrheit die Ehre zu geben. Weil inzwischen viel Zeit seit dem Zwischenfall vergangen ist und manchem die Erinnerung abhanden kam, kommt Beifall selbst von jenen, die es eigentlich besser wissen könnten.

Der Vorfall hat noch eine zweite, aktuelle Dimension. Die neuerlich aufgewärmte Dölln-Saga findet sich in dem 2011 erschienenen Buch »Enttarnt« von Peter Ferdinand Koch, der sich gern »Geheimdienstexperte« nennen lässt. Der Titel ist wohlfeil, als Experte gilt hierzulande jeder, der mehr mitzuteilen weiß als in der Zeitung steht. Koch hat sich mit Personen beschäftigt, deren Geheimdienst- und sonstige Karrieren im Nazireich begannen und sich nach 1945 in Nachrichtendiensten, Redaktionen und Behörden fortsetzen. Untersuchungen dieser Art sind nicht neu, auch das Verlagshaus, in welchem spotless erscheint, und spotless selbst haben schon eine Vielzahl solcher Publikationen veröffentlicht. Kochs Arbeit ist also weder inhaltlich sensationell, noch ist sie besonders akribisch. Wenn ein erheblicher Teil der Fußnoten, die die Quelle eines Zitats ausweisen, schlicht heißt: »Archiv des Autors«, ist die Seriosität dahin.

Das mag noch hingehen.

Nicht hinnehmbar ist – und das macht den wirklich aktuellen Bezug aus –, dass erkennbar antikommunistische Ressentiments zur Beugung der historischen Wahrheit führen. Die Geheimdienste beider deutscher Staaten hatten ihre Nazis, heißt es, und MfS-Mitarbeiter kriegen von Koch Titel wie »Himmler der Staatssicherheit« und dergleichen verpasst. Damit wird eine Gleichsetzung von Hitler- und Honeckerreich vollzogen, die dem Zeitgeist entspricht. So zielt denn, wenn man's genau nimmt, das Buch weniger auf die toten Nazis im Westen, sondern mehr auf die lebenden MfS-Mitarbeiter im Osten. Darum also nachfolgend die wahre Geschichte der Schüsse von Dölln.

Die Vorgeschichte

Unter Berufung auf Aussagen von Markus Wolf in seinen Erinnerungen (»Spionagechef im geheimen Krieg«, München 1997) stellte Peter-Ferdinand Koch fest, dass Walter Ulbricht mittels einer »deutsch-deutschen Konföderation« die »Lebensfähigkeit der DDR« erhalten wollte. Ob damit die Ziele und die politische Strategie von Walter Ulbricht auch nur annähernd zutreffend beschrieben werden, ist anzuzweifeln. Aber sie stützen die These des Autors: »Diese Annäherung mochte Moskau nicht dulden. Da der starrköpfige Ulbricht freiwillig nicht abtreten wollte, holte sich Honecker bei Breshnew die Genehmigung zum ›Putsch‹. Der entwickelte sich, wie Wolf erinnerte, ›dramatischer, als es die bekannt gewordenen Dokumente verraten‹.«

Die vermeintliche Dramatik, die Koch dem Wechsel an der Spitze der SED beimisst, bestand darin, dass Honecker seinen Personenschützern befahl, sich zu bewaffnen. (Trugen die nicht ohnehin Waffen?)

Zitat: »Wolf: Die Truppe sei mit durchgeladenen ›Maschinenpistolen‹ ausgerüstet worden. In Dölln, Ulbrichts Dienstsitz (heute: Hotel Döllnsee-Schorfheide) sollte der SED-Chef ein bereits formuliertes Rücktrittsgesuch unterschreiben.

Ulbrichts Prätorianer versperrten Honeckers Truppe aber wider Erwarten den Weg. Honecker ließ daraufhin Tore wie Ausgänge besetzen, die Nachrichtenverbindungen kappen. Wolf: ›Honecker schien entschlossen, über Mielke seinen Ziehvater festzusetzen.‹ Genau davon gingen Ulbrichts Wächter aus, die den überraschenden Aufmarsch als eine ›Aktion des Klassenfeindes‹ missdeuteten.« (»*Enttarnt*«, S. 373)

Peter-Ferdinand Koch (und einige andere Autoren) berufen sich bei ihren Darstellungen zu den Umständen des Machtwechsels auf Aussagen des ehemaligen Stellvertretenden Ministers für Staatssicherheit. Markus Wolf hatte tatsächlich in seinen Erinnerungen geschrieben: »In diesem Sommer 1970 verdichteten sich die Anzeichen, dass Honecker zu seinem Meister Ulbricht auf Distanz ging. Mir fiel auf, wie sich der Zauberlehrling während der offiziellen Geburtstagsgratulation für Ulbricht gegen seine sonstige Gewohnheit im Hintergrund hielt. Honecker, der ohne Ulbrichts Förderung nie auf einen vorderen Platz in der Führung gekommen wäre, konnte auf die Protektion nun verzichten. Er wusste sich mit Moskau im Bunde. (»*Spionagechef im geheimen Krieg*«, S. 253)

Und an anderer Stelle hieß es bei ihm: »Über den Ablauf der Entmachtung Ulbrichts ist viel geschrieben worden. Aber die Umstände waren dramatischer, als es die 1990 bekannt gewordenen Dokumente verraten. Zur entscheidenden Konfrontation zwischen Ulbricht und Honecker kam es bei einem Vier-Augen-Gespräch im Sommersitz Dölln.

Vor der Begegnung hatte Honecker die Männer des Personenschutzes aufgefordert, ihn von seinem Jagdsitz Wildfang abzuholen und zu Ulbrichts Residenz in Dölln zu begleiten. Die Leute der Hauptabteilung Personenschutz wunderten sich über den ungewöhnlichen Befehl, zu einem solchen Besuch unter Freunden nicht nur die normale Ausrüstung, sondern auch Maschinenpistolen mitzunehmen. Vor Ulbrichts Residenz angekommen, berief sich Honecker gegenüber dem Kommandanten auf seine Weisungsbefugnis als verantwortlicher ZK-Sekretär für Sicherheitsfragen. Er ordnete an, alle Tore und Ausgänge zu besetzen und die Nachrichtenverbindungen zu kappen. Honecker schien also entschlossen, seinen Ziehvater festzusetzen, falls dieser sich seinen Forderungen verweigern sollte.

Soweit kam es nicht. Nach eineinhalbstündiger harter Auseinandersetzung resignierte Ulbricht, verlassen von Moskau und der Mehrheit des Politbüros. Er unterschrieb das geforderte Rücktrittsgesuch an das Zentralkomitee. Er hoffte noch, das Gesicht zu wahren und als Staatsratsvorsitzender politischen Einfluss ausüben zu können. Aber Honecker unterband das mit der gleichen Härte, mit der er den Sturz betrieben hatte. Verbittert sprach der alte Mann, der ein Stück deutsche Geschichte mitgeschrieben hatte, von einem Putsch Honeckers und Mielkes, seinen ehedem engsten Vertrauten.« (»Spionagechef im geheimen Krieg«, S. 256)

Die Darstellung von Markus Wolf stützt zwar nicht die Konstruktion von Koch (nirgendwo ist von »durchgeladenen« Maschinenpistolen zu lesen), widerspricht allerdings auch den Erinnerungen früherer Mitglieder des Politbüros und Darstellungen von Mitarbeitern der Hauptabteilung Personenschutz des MfS, die zu jenem Zeitpunkt unmittelbar vor Ort im Einsatz waren.

Die unmittelbare Entmachtung Walter Ulbrichts begann mit einem siebenseitigen Schreiben an Generalsekretär Leonid I. Breshnew und das Politbüro des ZK der KPdSU. Unterschrieben hatten es dreizehn von zwanzig

Mitgliedern und Kandidaten des Politbüros, also die Mehrheit. Es enthielt eine Vielzahl von politischen und persönlichen Anschuldigungen. (*Der Wortlaut des Schreibens vom 21. Januar 1971 ist zu finden in »Lotte und Walter«, Berlin 2003, S. 143ff.*)

Breshnew wurde darin gebeten, in den nächsten Tagen ein Gespräch mit Ulbricht zu führen, in dessen Ergebnis dieser »von sich aus« das Zentralkomitee ersucht, »ihn auf Grund seines hohen Alters und seines Gesundheitszustandes von der Funktion des Ersten Sekretärs des Zentralkomitees der Sozialistischen Einheitspartei Deutschlands zu entbinden. Diese Frage sollte möglichst bald gelöst werden, unbedingt noch vor dem VIII. Parteitag der SED.« (*a. a. O., S. 149*)

ZK-Sekretär Hermann Axen erklärte später: »Die Ablösung war kein Komplott.« (*a. a. O., S. 169*)

»Für die Ablösung, die kein Komplott war, sprach auch folgendes: In diesem halben Jahr war Walter Ulbricht in Oberhof zur Kur, wo er den dritten Herzinfarkt hatte. Wir bekamen von den Ärzten einen Hinweis, dass Walter unbedingt geschont werden müsse, dass man ihn nicht mehr aufregen dürfe. Hermann Matern, der kurz danach verstarb (*am 24. Januar 1971 – K. E.*), Willi Stoph, Erich Honecker und Paul Verner bekamen den Auftrag, mit ihm zu sprechen, dass er sich zurückziehen solle. Es sollte ihm nahegelegt werden, ob er nicht selbst, von sich aus im Hinblick auf den nächsten Parteitag, das heißt in Vorbereitung darauf, bereit sei, sein Amt aufzugeben.

Das Gespräch hat stattgefunden. Walter hat gesagt, dass er das Anliegen verstünde. Er hat das Gespräch gut aufgenommen. […] Die Ablösung war kein Coup, kein Komplott. Es war nicht gemanagt. Hätten wir dies nicht getan, wäre Walter Ulbricht früher gestorben; wir haben sein Leben verlängert. Leicht ist ihm die Korrektur, die der VIII. Parteitag vornahm, und die Tatsache, dass er nicht mehr Erster Sekretär der Partei war, natürlich nicht gefallen. Schon auf dem 16. Plenum hatte er die Entscheidung ehrlich akzeptiert und Erich als seinen Nachfolger umarmt und beglückwünscht.« (*a. a. O., S. 175f.*)

Politbüromitglied Alfred Neumann erklärte in den 90er Jahren gegenüber dem Historiker Siegfried Prokop (*»Ulbrichts Favorit: Auskünfte von Alfred Neumann, Berlin 2009*): »Ulbricht wurde also im Mai 1971 zurückgenommen. Er sagte, dass gegen das Altern kein Kraut gewachsen sei. Es sah von außen und unten nach einem freiwilligen Rücktritt aus. In Wirklichkeit stand dahinter der Druck der Freunde. Honecker versteckte sich hinter ihm. Der Druck allein des Politbüros hätte Walter nicht zur Kapitulation gebracht. Das entscheidende war das Gespräch mit Breshnew.« Dieses hatte während des XXIV. Parteitages der KPdSU im Frühjahr 1971 in Moskau stattgefunden.

Mario Frank sieht es in seiner Ulbricht-Biografie, erschienen 2003, ähnlich, auch er liefert der These Kochs keinen Flankenschutz. »Die letzten Feinheiten des Führungswechsels wurden Ende April zwischen Moskau und Ost-Berlin abgestimmt. Es blieb dem Nachfolger Honecker vorbehalten, Ulbricht die letzten Details der öffentlichen Dramaturgie, nach der der Wechsel stattfinden sollte, zu übermitteln. Unter welchem Druck Honecker dabei stand, zeigt die Tatsache, dass er sich auf dieses abschließende Gespräch vorbereitete, als handele es sich um einen Staatsstreich. Bevor er zu Ulbricht zu dessen Landsitz an den Döllnsee fuhr, ließ Honecker die Telefonverbindungen dorthin unterbrechen und wies außerdem seine Begleiter vom MfS an, statt der üblichen Bewaffnung mit Pistolen Maschinenpistolen mitzunehmen.

Am Vormittag des 27. April 1971 erklärte Ulbricht gegenüber dem Politbüro wie gewünscht seinen Rücktritt als Erster Sekretär des ZK der SED. Nachdem er sich den mit Breschnew abgestimmten Text seiner Rücktrittserklärung hatte bestätigen lassen, verließ er die Sitzung.« (*»Walter Ulbricht – Eine deutsche Biografie«, S. 446*)

Damit bringt Mario Frank wie in der Darstellung in »Lotte und Walter« (*S. 151, wenn auch mit unterschiedlicher Datumsangabe; dort steht: »Am 23. April 1971 trug Ulbricht im Politbüro seine Bitte um ›Entlastung‹ vor.«*) einen deutlich anderen Zeitpunkt in die Diskussion. Wenn Walter Ulbricht bereits am 23. oder 27. April im Politbüro seine Rücktrittserklärung vorgetragen hat, dann stimmt der von Koch genannte Termin Anfang Mai für die Ereignisse in Dölln nicht.

Die Politbürositzung vom 27. April hingegen korrespondiert logisch mit dem Termin der 16. Tagung des ZK der SED, die fand am 3. Mai 1971 statt.

Die SED veröffentlichte – wie generell üblich – eine Broschüre über die 16. Tagung des ZK der SED unter dem Titel: »Dem Wohl des Volkes gilt all unser Streben« (Berlin 1971). Darin wurde unter der Überschrift: »60 Jahre in der deutschen Arbeiterbewegung tätig« folgende Erklärung von Walter Ulbricht wiedergegeben:

16

»Nach reiflicher Überlegung habe ich mich entschlossen, das Zentralkomitee auf seiner heutigen Tagung zu bitten, mich von der Funktion des Ersten Sekretärs des Zentralkomitees der SED zu entbinden. Die Jahre fordern ihr Recht und gestatten es mir nicht länger, eine solche anstrengende Tätigkeit wie die des Ersten Sekretärs des Zentralkomitees auszuüben. Ich erachte daher die Zeit für gekommen, diese Funktion in jüngere Hände zu geben und schlage vor, Genossen Erich Honecker zum Ersten Sekretär des Zentralkomitees zu wählen.

Meinen Antrag haben wir im Politbüro gründlich beraten, und er wurde von den Genossen des Politbüros einmütig gebilligt. […]

Ich bin fest überzeugt, dass unser Zentralkomitee und unser Politbüro auch nach der Annahme meines Vorschlages auf der heutigen Tagung die Partei weiter so fest und geschlossen führen werden wie bisher. Dafür werden die Wahl und die Tätigkeit des Genossen Erich Honecker als Erster Sekretär des Zentralkomitees die Gewähr bieten. Das ist die einhellige Meinung des Politbüros, und das ist auch meine feste Überzeugung. […]

Es wird auch weiterhin für mich eine tiefe innere Befriedigung und eine große Ehre sein, im Kollektiv des Zentralkomitees und des Politbüros nach Maßgabe meiner Kräfte mitzuarbeiten und meine Funktion als Vorsitzender des Staatsrats gewissenhaft zu erfüllen.«

Die Broschüre enthielt neben Ulbrichts Erklärung einen Brief des ZK an Walter Ulbricht mit dem »Dank für jahrzehntelanges Wirken« und die Erklärung Erich Honeckers »Dem Wohl des Volkes gilt all unser Streben«, die auch der Broschüre über die 16. ZK-Tagung ihren Titel gab. Für die Mitglieder der SED und die Öffentlichkeit waren daraus keine Hinweise über Machtkämpfe und Intrigen in der Parteiführung abzuleiten.

Es wurde auch nicht die Frage gestellt, warum wenige Wochen vor dem VIII. Parteitag der SED, der vom 15. bis 19. Juni 1971 stattfinden sollte und welchem nach dem Statut der SED die Entscheidung über die Besetzung der höchsten Parteifunktionen zustand, in einem solchen Eilverfahren der Wechsel an der Parteispitze erfolgte. Gleichwohl begann Honecker umgehend die Ära Ulbricht zu beenden. Beispielsweise löste er unmittelbar nach der ZK-Tagung das Beratergremium des Ersten Sekretärs auf, das unter der Bezeichnung »Strategischer Arbeitskreis« tätig war.

Die Historikerin Monika Kaiser präsentierte 1997 im Auftrag des Zentrums für Zeithistorische Forschung in Potsdam eine umfangreiche Studie unter dem Titel: »Machtwechsel von Ulbricht zu Honecker – Funktionsmechanismen der SED-Diktatur in Konfliktsituationen 1962 bis 1972«. Dabei stützte sie sich weitgehend auf Unterlagen des Politbüros und des ZK der SED aus dem Archiv der Parteien und Massenorganisationen.

Sie beschrieb ausführlich die politischen Umstände und die Hintergründe vieler Entscheidungen in der SED-Führung und widmete dem »Ende der Ära Ulbricht« ein eigenes Kapitel, in dem ein Abschnitt die Überschrift trug: »Politische Intrigen und Denunziationen der Honecker-Fraktion zur Ausschaltung Ulbrichts«.

In dieser Studie findet man keinerlei Hinweis auf einen »bewaffneten Putsch« Honeckers zur Ablösung Ulbrichts.

In dem Buch »Der Sturz – Honecker im Kreuzverhör« von Reinhold Andert und Wolfgang Herzberg (*Berlin und Weimar 1990, S. 271ff.*) verteidigte Erich Honecker sein Vorgehen:

»Frage: Wie verlief die Ablösung Ulbrichts durch Sie? War das ein innerparteilicher Putsch?

Antwort Honecker: Einen innerparteilichen Putsch gab es durchaus nicht in der bisherigen Politik des Zentralkomitees unserer Partei und seines Politbüros, dass man hinter dem Rücken bestimmter Personen eine Fraktion bildete und so überraschend vor die Frage gestellt war, abzutreten. Der Übergang von Wilhelm Pieck zu Walter Ulbricht war bedingt durch die Erkrankung Wilhelm Piecks. Es wurde vorher alles freundschaftlich zwischen ihnen vereinbart. Das heißt, Walter Ulbricht wurde Generalsekretär und Otto Grotewohl Ministerpräsident und Wilhelm Pieck Präsident der DDR.

Beim Übergang von Ulbricht zu mir war es so, dass Kurt Hager und ich sehr oft mit Walter Ulbricht gesprochen haben, ob es aufgrund seines Alters und seines Gesundheitszustandes nicht besser wäre, seine Funktionen zu verteilen. Es gab nicht sofort die entsprechende Einsicht bei ihm. So kam es zur Diskussion im Politbüro. Walter Ulbricht fühlte sich irgendwie übergangen. Er stellte im Politbüro die Frage, ob es nicht zweckmäßig sei, mich als seinen Stellvertreter abzulösen, weil eine Meldung auf dem Gebiet der Sicherheitspolitik, die noch nicht mit ihm abgesprochen gewesen wäre, über das Radio gekommen sei.

Abgesehen davon, dass es an jenem Morgen eine solche Meldung über den Rundfunk gar nicht gegeben hatte, waren alle Mitglieder des Politbüros in dieser Sitzung dagegen, dass man etwas verändere. Nur mussten wir bestimmte Fragen viel intensiver in unsere Hände nehmen, da sich im Jahre 1970 bereits schon starke Disproportionen in der Volkswirtschaft und Engpässe in der Versorgungswirtschaft offenbarten.

Ich habe damals zuvor im Staatsrat im Arbeitszimmer von Walter Ulbricht die Lage in der Partei erläutert. Er hat sich das angehört und gesagt: ›Stelle diese ganzen Fragen im Politbüro.‹ Das habe ich auch getan. Das Politbüro legte fest, dass auf der nächsten Tagung des Zentralkomitees diese Probleme behandelt werden sollten. Das war, wie ich mich heute noch entsinnen kann, die 14. Tagung des Zentralkomitees. Paul Verner wurde beauftragt, den Bericht im ZK vorzulesen. Dieser Bericht führte zu einer großen Diskussion, fand aber die allgemeine Zustimmung. Wir hatten dabei eine sehr starke Unterstützung durch Hermann Matern, Friedrich Ebert und Albert Norden und andere Mitglieder des Politbüros.

Es gab auch verschiedene Aussprachen zu dieser Frage in Moskau, weil wir bei den damaligen Verhältnissen den steten Kontakt hielten. Schließlich erhielt ich Anfang März 1971 von Walter Ulbricht aus der Sowjetunion einen Anruf, und er sagte zu mir: ›Erich, ich habe es mir überlegt, wir werden es so machen, wie Kurt Hager und du es mir vorgeschlagen habt.‹

Ich habe ihn nach seiner Rückkehr von der Kur auf dem Flugplatz empfangen, und wir haben uns ganz kurz unterhalten.

Man kann sagen, dass dann der VIII. Parteitag der SED vorbereitet wurde, der im Mai 1971 stattfand. Walter Ulbricht nahm die Lösung der Fragen seiner Ablösung sehr umsichtig in Angriff. Er schlug im Politbüro vor, Anfang Mai 1971, ihn aus Alters- und Gesundheitsgründen von seiner Funktion als Generalsekretär zu entbinden und Erich Honecker als Generalsekretär zu wählen. Er selbst wollte zum Ehrenvorsitzenden bestimmt werden. Das war zwar im Statut der Partei nicht vorgesehen, aber der kommende Parteitag konnte ja diese Entscheidung treffen.

Zum VIII. Parteitag erstattete ich dann den Bericht, und Walter Ulbricht hielt die Eröffnungsrede. Das heißt, beides geschah mit seiner Mitwirkung. Das unterstreicht die politische Kultur der damaligen Zeit im Zentralkomitee unserer Partei. Es war nicht zu vergleichen mit dem, was sich dann auf dem 9. und 10. Plenum 1989 unserer Partei zutrug.

Frage: War aber die Ablösung Walter Ulbrichts, was die Darstellung in der Öffentlichkeit anbetraf, nicht auch sehr hart, zum Beispiel nach dem VIII. Parteitag, nachdem er vorher jahrzehntelang so hochgelobt wurde?

Antwort: Das kann man nicht sagen. Der Vorschlag, ihn von seiner Funktion als Generalsekretär zu entbinden, kam ja von ihm, und wir haben unsererseits vorgeschlagen, dass er weiterhin der Vorsitzende des Staatsrates bleibt und Ehrenvorsitzender der Partei. Das war sogar ein Musterbeispiel, wie man ältere Genossen, die große Leistungen vollbracht haben, achtet und gleichzeitig ihren Erfahrungsschatz weiter nutzen kann für die Entwicklung der gesamten Partei. Wenn ich die Dinge sehe vom Standpunkt, was mit mir geschah, so hält das überhaupt keinem Vergleich stand. Außerdem, wir haben

damals diese Kampagne wegen Privilegien, Amtsmiss-
brauchs und was nicht alles, nie begonnen, sondern das
war ein sehr kulturvoller Übergang von einem Älteren
auf einen Jüngeren. Und wir haben auch weiterhin gut
zusammengearbeitet.«

Diese Bewertung durch Erich Honecker aus dem
Jahre 1990 klingt etwas euphorischer als die dürren
Worte, mit denen Walter Ulbricht im Referat von Erich
Honecker auf dem VIII. Parteitag verabschiedet wurde:
»Das Zentralkomitee möchte auf dem Parteitag den
Dank unterstreichen, den es auf seiner 16. Tagung Genossen Walter Ulbricht für sein jahrzehntelanges ver-
dienstvolles Wirken in der deutschen Arbeiterbewegung
und an der Spitze unserer Partei ausgesprochen hat. Ich
handele gewiss im Namen von uns allen, wenn ich Genossen Walter Ulbricht, der in Ehrung seiner Verdienste
zum Vorsitzenden der Sozialistischen Einheitspartei
Deutschlands gewählt wurde, gute Gesundheit und noch
viel Schaffenskraft für seine Tätigkeit im Kollektiv der
Parteiführung und als Vorsitzender des Staatsrates wün-
sche.« (*Bericht des Zentralkomitees an den VIII. Parteitag, Berlin 1971, S. 8*)

Dölln und die HA Personenschutz des MfS

Nun muss man Erich Honeckers Darstellung von 1990 nicht unbedingt folgen. Auch andere Aussagen sind durch spätere Forschungen relativiert worden. Aber Fakt ist, dass selbst bei Honecker keinerlei Hinweise auf eine gewaltsame Entmachtung Walter Ulbrichts mit Hilfe der Hauptabteilung Personenschutz des MfS existieren.

Es ist darum nicht mehr zu erklären, aus welchen Quellen Markus Wolf sein Wissen bezogen hat. Fragen kann man ihn nicht mehr, er ist seit 2006 tot. Tatsache ist, dass seine Darstellung im Gegensatz steht zu den Aussagen von leitenden Personenschützern, die – im Unterschied zu ihm – zum Zeitpunkt des Geschehens vor Ort waren.

Allerdings gibt es auch bei diesen Zeitzeugen unterschiedliche Wahrnehmungen, die Aussagen sind keineswegs deckungsgleich. In einem wesentlichen Punkt jedoch stimmen sie überein: Es gab keinen putschartigen Überfall von Honeckers Begleitkommando mit durchgeladenen, entsicherten Maschinenpistolen und einem Schusswechsel.

So zitiert Oberstleutnant a. D. Günter Vogler, ein leitender Mitarbeiter der Hauptabteilung Personenschutz des MfS, in seiner Autobiografie verschiedene Beteiligte. Oberstleutnant Albert Golnick, damals Diensthabender im Begleitkommando Ulbricht, inzwischen verstorben, berichtete Vogler: »Kurz vor Eintreffen von Erich Honecker und seinem Begleitkommando wurde der Sicherungsposten am Eingang zum Haupthaus abgezogen,

Hauswache und Kommando hatten über die Zeitdauer des Aufenthaltes in den Aufenthaltsräumen zu verbleiben.

Das Sicherungskommando von Erich Honecker stand an diesem Tage eigens unter der Leitung des stellvertretenden Abteilungsleiters des Nahabsicherungsbereiches, Major Gerhard Kasten, mit den ständigen Kommandomitarbeitern, die nach ihrem Eintreffen auch den Zugang zum Haupthaus besetzten.« (*»Erinnerungen eines Personenschützers«, S. 44*)

Vogler zitiert ferner Major Dietrich Roggatz, der an jenem Tag gemeinsam mit dem Objektkommandanten Helmut Korozka Dienst im Objekt Dölln hatte:

»Zu einer mir nicht mehr erinnerlichen Zeit – da noch Personal im Objekt war, muss es zumindest während der regulären Dienstzeit gewesen sein – kam der damalige Leiter der HA PS, Generalleutnant Franz Gold (1913 bis 1977), in das Objekt gefahren, er hatte den Leiter des Referats Nachrichten der Stabsabteilung X mit in seinem Fahrzeug. General Gold kam sofort in das Wachlokal der HA PS, und es ergingen folgende Weisungen: [...]

1. Der Objektkommandant löst den Einlassposten des Wachregiments an der Hauptzufahrt ab mit der Weisung, keine Personen im Ein- und Ausgang passieren zu lassen.

2. Genosse Roggatz verbleibt im Wachlokal und hat bei Anrufen aus dem Haupthaus (Herr und Frau Ulbricht) zu erklären: ›Alle Leitungen sind zurzeit gestört. Es wird fieberhaft an der Behebung des Problems gearbeitet.‹

3. Der weitere Posten der Innenwache hat alles Personal aus dem Haupthaus aufzufordern, dieses unverzüg-

lich zu verlassen und sich in den Aufenthaltsraum des Wachgebäudes zu begeben. Er selbst hat bis auf Widerruf dort zu verbleiben und ein Verlassen des Raumes des Personals nicht zuzulassen. Die Fenster haben geschlossen zu bleiben, Rollos werden nicht heruntergelassen.

4. Der Leiter Nachrichten begibt sich in den Nachrichtenraum des Wachgebäudes und unterbricht alle Verbindungen.«

Roggatz konnte keine Angaben zu Bewaffnung und Begleitung Honeckers machen, da diese in den Kfz am Haupthaus verblieben.

Diese Angaben der Zeitzeugen Golnick und Roggatz belegen zwar, dass die Vorgänge durchaus dramatischem Charakter besaßen, aber einen Hinweis auf einen Schusswechsel enthalten sie nicht.

Es gibt zudem Aussagen von Politbüro-Mitgliedern, die die Rücktrittsforderung an Ulbricht überbrachten. Honecker war zunächst nicht dabei, denn Lotte Ulbricht verlangte eine »sofortige Verbindung mit Honecker«.

Edmund Weber, persönlicher Begleiter Walter Ulbrichts bis zu dessen Ableben 1973, bestätigte: Honecker war nicht anwesend, wohl aber Kurt Hager, Paul Verner und Erich Mückenberger. Willi Stoph weilte zu jenem Zeitpunkt im Objekt Hubertusstock.

Beachtenswert erscheint die Aussage, dass die ganze Aktion von Generalleutnant Franz Gold geleitet wurde. Der Leiter der HA Personenschutz wird dies nicht ohne Absicherung durch Minister Mielke getan haben, ein entsprechender Auftrag/Befehl musste also vorgelegen haben einschließlich einer politischen Absicherung im Politbüro oder Sekretariat des ZK der SED.

Halten wir also fest:

Entgegen den auch von Koch kolportierten Behauptungen, dass der Rücktritt Ulbrichts gleichsam mit Waffengewalt erzwungen worden sei, ist die Wahrheit:

1. Nach übereinstimmender Auskunft von Zeugen vor Ort gab es keinen Schusswechsel vor oder im Objekt Dölln zur fraglichen Zeit.

2. In der täglichen Arbeit, insbesondere bei den Sicherungsfahrten, wurde in jedem Begleitfahrzeug eine Maschinenpistole vom Typ »Skorpion« in einer ledernen Tasche mitgeführt. Zur Ausrüstung des Kommandos gehörten neben dem stationären Sprechfunk im PKW mobile Sprechfunkgeräte, ein Schlagstock und ein Fotoapparat. Eine Sonderbewaffnung, wie behauptet, war an jenem Tag nicht erfolgt.

Und wer hat wirklich geschossen?

Wurde überhaupt geschossen? Bei Peter Ferdinand Koch heißt es, dass Ulbrichts Wächter den »überraschenden Aufmarsch als eine ›Aktion des Klassenfeindes‹ missdeuteten. Plötzlich Hektik, in der ein Personenschützer, der MfS-Oberleutnant Wolfgang Mischner, mit seiner Pistole auf die ›Angreifer‹ feuerte. Ein Querschläger durchschlug den Kopf einer zufällig anwesenden Besucherin: Mischners 30-jährige Ehefrau Renate – tot.«

Woher weiß Koch das?

Eine Fußnote gibt erhellend Auskunft: »Recherchen des Autors.«

Wo und wie Koch recherchierte, wissen wir also nicht. Wir hingegen befragten kompetente Zeitzeugen und jene Akten, die in BStU-Behörde zum Thema einliegen. Das sind

1. die Kaderakte des MfS zu Wolfgang Mischner sowie seine Vernehmungsprotokolle als Beschuldigter;

2. Unterlagen im Ermittlungsverfahren Mischner, Reg. Nr. XV/1014/72, in sieben Bänden (Untersuchungs-Vorgang der HA IX/5);

3. Akten des Militär-Oberstaatsanwaltes und des Obersten Gerichts der DDR zum Gerichtsverfahren (Bände 8 bis 22 BStU).

Dieser Aktenkomplex enthält bis auf wenige Ausnahmen alle relevanten Dokumente zum Ermittlungs- und Gerichtsverfahren gegen Wolfgang Mischner.

Lückenhaft hingegen sind die Unterlagen über die Abstimmungen zur Entscheidung über das Urteil.

Aus diesen Unterlagen geht hervor:

Oberleutnant Wolfgang Mischner war in der Hauptabteilung Personenschutz im MfS bis 1968/69 als Funker in einem der Begleitfahrzeuge der Sicherungskommandos eingesetzt. Er hatte nie direkt mit Sicherungsaufgaben zu tun, er sorgte für die Kommunikation zwischen der Zentrale der HA PS und dem jeweiligen Sicherungskommando.

Seit 1969 war Mischner Offizier für Planung und Organisation in der Abteilung IX der HA PS, einer Stabsabteilung, und verantwortlich für die Streckenplanung bei Fahrten außerhalb der üblichen Protokollstrecken.

Daraus ist ersichtlich, dass – entgegen der Behauptung Kochs – Mischner gar nicht in Dölln war, geschweige denn »mit seiner Pistole auf die ›Angreifer‹« hätte feuern können.

Richtig ist, dass Mischner seit dem 7. Mai 1971 in Untersuchungshaft saß. Aber nicht, weil ein Querschläger »den Kopf einer zufällig anwesenden Besucherin: Mischners 30-jährige Ehefrau Renate« getroffen hatte, wie Koch wahrheitswidrig behauptete, sondern weil Mischner am Abend des 3. Mai 1971 nicht »zufällig«, sondern vorsätzlich seine Frau Renate Mischner erschossen, also ermordet hatte. Und zwar nicht in Dölln!

Bei Koch liest sich das so:

»Drei Tage nach der Döllner Tragödie erstattete er (*Generalleutnant Franz Gold – K. E.*) Mielke Meldung: Mischner sei ein ›sicherheitsrelevantes Risiko‹. Würde ihm eines Tages die Republikflucht gelingen, so versetzte Gold seinen Minister in Aufruhr, würden die Umstände des Staatsstreiches die kapitalistischen Medien weltweit auf lange Zeit beschäftigen, die um internationale Anerkennung bemühte DDR würde sich von dieser ›Kampagne‹ nur schwer erholen, einmal davon abgesehen, dass der neue Generalsekretär Honecker die Schlagzeilen dann nicht als Friedensstifter beherrschte, sondern als Schlagetot daherkäme.

Noch am selben Tag, dem 6. Mai 1971, standen Günter Möller und Edgar Braun vor Mielke stramm und nahmen einen geheimen Befehl entgegen: Mischner sei festzunehmen, ihm der Tod seiner Frau anzulasten und er der Spionage zu überführen. Mielke: ›Wie ihr das anstellt, ist mir egal‹. (*Fußnote: Recherchen des Autors!*)

Zwei Stunden später saß Mischner in U-Haft.«

Den nebulösen »Recherchen des Autors« stehen die Ermittlungsergebnisse des Untersuchungsorgans des MfS und des Obersten Gerichts der DDR entgegen, sie widersprechen der Koch-These eines Putsches in Dölln. Daher werden sie von ihm abgetan als »Flickwerk« der Abteilung Innere Sicherheit der HA II. (*»Enttarnt«, S. 374*)

Stattdessen heißt es bei Koch weiter: »Unter diesem Eindruck dankte Ulbricht ab. Doch wie das Opfer erklären? Wie mit dem geschockten Witwer verfahren? Würde Wolfgang Mischner aus Staatsräson schweigen? Das herauszufinden oblag dem Leiter des MfS-Personenschutzes, dem Oberst Franz Gold, einem vormaligen Fleischermeister, der dem Schauspieler Gert Fröbe verblüffend ähnlich sah.

Gold hatte Mischner während zweier Gespräche ›ausgehorcht‹ und bei ihm Vergeltungsdrang wahrgenommen und unheilbare Rachsucht erkannt.«

Setzen wir an die Stelle von Kochs Fabuliererei die Fakten.

Ich sprach mit zwei einst leitenden Mitarbeitern der Hauptabteilung IX, die damals als verantwortliche Untersuchungsführer den Vorgang Mischner bearbeiteten. Die beiden Oberste a. D. baten ihre Namen aus verschiedenen Gründen nicht publik zu machen – dem Verlag sind sie bekannt. Untersuchungsführer R. in der HA IX/7 führte die Erstuntersuchungen zur Aufklärung des Verschwindens der Ehefrau des MfS-Mitarbeiters bis hin zum Auffinden ihrer Leiche. Referatsleiter W. in der Hauptabteilung IX/5, in der Straftaten von Mitarbeitern des MfS bzw. Angriffe gegen die Sicherheitsorgane der DDR untersucht wurden, übernahm unmittelbar danach die Untersuchungsarbeit zur Beweisführung über die Schuld des Täters.

Warum wurde die Untersuchungsabteilung des MfS – nicht die Spionageabwehr – aktiv?

Oberleutnant Wolfgang Mischner hatte am 20. April 1971 ein anonymes Schreiben erhalten: »Wir hängen euch auf, Staatssicherheitsschweine.« Er gab dieses weiter mit der Ansage, es in seinem Briefkasten gefunden zu haben, und stellte einen Zusammenhang mit dem Verschwinden seiner Ehefrau her. Diese sei »seit einiger Zeit nicht mehr in die gemeinschaftliche Wohnung gekommen«.

Bei der Zeugenvernehmung traten wesentliche Widersprüche zu Tage, weshalb gegen Mischner ein Verdachtsprüfungsverfahren eingeleitet wurde. Ein Gutachten der Technischen Untersuchungsstelle des MfS sollte später zweifelsfrei Mischners Urheberschaft der

Morddrohung feststellen, zudem wurden in seinem Dienstzimmer entsprechende Schreibmaterialien gefunden und als Beweismittel sichergestellt. (*Ermittlungsverfahren XV/1014/72, Band IV, BStU-Pag. 021*)

Im Rahmen des Verdachtsprüfungsverfahrens erfolgte eine kriminaltechnische Untersuchung seiner Wohnung und des PKW »Trabant«. Dort wurden eindeutige Spuren einer Gewaltanwendung – Blutspuren im Motorraum des Trabant und an Kleidungsstücken – gesichert.

In diesem Stadium der Untersuchung räumte Mischner ein, seine Ehefrau ermordet zu haben. Er schilderte den Tathergang, benannte den Tatort und die Stelle, an der er die Leiche seiner Ehefrau versteckt hatte. Diese lag in einem Waldstück in der Nähe der Außenbegrenzung der Sondersiedlung Wandlitz.

Mischner hatte aufgrund seiner Funktion als Stabsmitarbeiter für Planung und Sicherheit Kenntnis von der Absicherung des Außenbereichs der Siedlung Wandlitz, von den stationären Posten und den Kontrollgängen der Wachdienste. Ein zufälliger Fund der Leiche war somit fast ausgeschlossen.

Die Tat, so gestand Mischner, hatte er seit etwa März 1971 planmäßig vorbereitet. Er sei mit seiner Frau mit dem Trabant in ein Waldstück bei Wandlitz gefahren. Dort habe er eine Panne vorgetäuscht, die Motorhaube geöffnet und seine Frau gebeten, ihm zu leuchten. Renate Mischner hätte sich mit der Taschenlampe über den offenen Motorraum gebeugt, und er habe sie mit seiner Dienstpistole von hinten erschossen.

Da sie aber, wie er meinte, noch nicht tot gewesen sei, hätte er mit einem Handbeil auf ihr Gesicht eingeschlagen und sie mit einem Halstuch erdrosselt, was die Autopsie bestätigte.

Die ballistische Untersuchung des im Auto aufgefundenen Projektils bestätigte, dass die Tatwaffe eindeutig Mischners Dienstpistole war.

Auch konnte geklärt werden, woher die Patrone stammte, denn über die Munition wurde akribisch Buch geführt. Mischner hatte sie bei einem Übungsschießen abgezweigt, was die Langfristigkeit seiner Mordplanung bestätigte. Wie auch der Umstand, dass er das Reinigungsgerät für die Waffe von der Dienststelle mit nach Hause nahm und nach der Ermordung seiner Frau die Pistole gründlich von allen Schmauchspuren befreite.

Die Untersuchung der Leiche am Fundort erfolgte unter Leitung des international anerkannten Gerichtsmediziners Prof. Otto Prokop. In seinem Gutachten hieß es, dass Renate Mischner durch einen Nahschuss in den Hinterkopf getroffen wurde, das Projektil sei im Stirnbereich wieder ausgetreten.

Damit war aber noch nicht das Motiv des Mörders geklärt.

Er selbst gab an, im Urlaub eine Frau kennengelernt zu haben, mit der er ein Verhältnis eingegangen sei. Er habe ihr erzählt, geschieden zu sein. Als sich die Frau für einen Besuch in seiner Wohnung Anfang Mai angekündigt hatte, sei er unter Druck geraten. Und deshalb habe er seine Ehefrau aus dem Weg räumen müssen.

Aber Mischner brachte noch eine zweite Version ins Spiel: Er habe sie auf Anraten des BND getötet.

Denn nach eigenem Bekunden habe er Kontakt zum Bundesnachrichtendienst gehabt. Und als er seinem

Kontaktmann (»Junge«) gegenüber die Vermutung geäußert hätte, seine Frau könne Wind von seiner Agententätigkeit bekommen habe, riet ihm dieser, eine »mehr als harte Maßnahme« zu ergreifen. »Er sprach dabei konkret davon, meine Frau umzubringen – ob ich damit einverstanden wäre oder nicht. Ich sagte ihm zu.«

Mischner und der BND

Der Kontakt entstand laut Selbstauskunft Mischners angeblich zufällig in einer Gaststätte im Berliner Stadtbezirk Weißensee. Seit 1968/69 soll es mehr als 15 Treffen gegeben haben. Termine seien in der Regel mündlich oder über postlagernde Briefsendungen an Mischner vereinbart worden. Er selbst wolle ein Postschließfach in Hamburg genutzt haben.

Als Legende für ihren Kontakt sollen gemeinsame Interessen an Briefmarken gedient haben.

Befragt zu Inhalt und Umfang der Informationslieferungen, nannte Mischner zunächst einen »Hauptalgorithmus zur Bekämpfung von Staatsverbrechen«, den er während eines Lehrganges an der Juristischen Hochschule des MfS abgezeichnet hatte. Bei diesem Schulungsmaterial – wie fast alle Dokumente im MfS mit einem Geheimhaltungsvermerk versehen – handelte es sich lediglich um einen Ablaufplan für Ermittlungen bei bestimmten Vorkommnissen, wie er in jedem Lehrbuch der Kriminalistik zu finden war und ist.

Im Schlussbericht der Hauptabteilung IX vom 6. Dezember 1971 werden noch mehr Positionen genannt, als von Mischner angegeben: »Auftragsgemäß übergab er 20 Einsatzdokumente und Maßnahmepläne zur Gewährleistung der Sicherheit und Ordnung bei Großveranstaltungen, politisch bedeutsamen Ereignissen, in Tagungsobjekten sowie auf speziellen Fahrtstrecken der führenden Vertreter der Staats- und Gesellschaftsordnung der DDR, berichtete in schriftlicher und mündlicher Form über die Aufgabenstellung seiner ehemaligen Diensteinheit, die Struktur sowie personelle Besetzung, über die zum Einsatz kommenden Mittel und Methoden sowie über die Aufgaben und die Zusammenarbeit mit 70 Bürgern der DDR und gab umfassende Informationen über die konkrete Jahresplanung der Diensteinheit für das Jahr 1971 sowie von Dezember 1970 bis April 1971 alle Maßnahmen, Pläne und Sicherungselemente zur Vorbereitung des VIII. Parteitages der SED gegen ein Entgelt in Höhe von insgesamt 4.600 Mark preis.« (*Ermittlungsverfahren MfS XV/1014/72; BStU-Nr. 122/85, Band IV, BStU-Pag. Nr. 003*)

Mischner bestritt in den Vernehmungen, technische Ausrüstungen für Funkempfang, Chiffrierunterlagen oder Geheimschriftverfahren erhalten zu haben. Auch die sorgfältigen Durchsuchungen der Wohnung und der dienstlichen Unterlagen von Mischner erbrachten keinerlei Hinweise und Ansatzpunkte bezüglich eines nachrichtendienstlichen Verbindungssystems.

Die Untersuchungsarbeit und Beweisführung, insbesondere zum Tatvorwurf der Spionage, gestalteten sich durch die Aussagen des Beschuldigten Mischner äußerst kompliziert. Das betraf auch sein Verhalten während der Verhandlung vor dem Obersten Gericht der DDR.

Im Rahmen einer Aussage zum Widerruf der bis dahin von ihm gemachten Angaben über den BND-Kontakt erklärte Mischner: »Da ich jedoch über die genaue Arbeitsweise des Bundesnachrichtendienstes beziehungsweise der Geheimdienste keine Sachkenntnisse besitze, kam es zu den Widersprüchen in meinen Aussagen. In der Hoffnung, diese Widersprüche zu beseitigen, habe ich dann immer wieder neue Sachverhalte im Verbindungssystem erfunden und mich immer mehr in diese Geschichte verstrickt, weil ich von diesen Dingen keine Ahnung habe.« (*BStU-Akte 122/85, Band 2; BStU-Pag. 268*)

Bei der Weitergabe der Untersuchungsakten an die Militärstaatsanwaltschaft wurde vom Untersuchungsorgan deshalb eingeschätzt: »Das Verhalten des Beschuldigten während der Untersuchungen war äußerst widersprüchlich. Diese Verhaltensweisen kamen besonders in unwahren Aussagen, Teilwahrheiten und mehreren Widerrufen zum Ausdruck. In der Endkonsequenz kam er nur durch die Vorlage von Beweismitteln zu seinen strafbaren Handlungen zu ehrlichen Aussagen.« (*Vgl. Ermittlungsverfahren, Band IV, BStU-Paginierung 0038*)

Die Untersuchungen im Ermittlungsverfahren wurden durch zwei umfangreiche Vernehmungen zum Tatbestand des Vorwurfs des Mordes und der Spionage durch die Militärstaatsanwaltschaft abgeschlossen. Sie wurden wesentlicher Bestandteil der Anklageschrift.

1999 nahm die Berliner Mordkommission noch einmal Untersuchungen im Fall Mischner auf. Das Interesse richtete sich vornehmlich darauf, ob es sich um einen Auftragsmord des BND gehandelt habe, wie Mischner behauptet hatte.

Ein Kriminaloberkommissar vernahm dazu den damals vorgangsführenden Referatsleiter W. der Hauptabteilung IX/5 als Zeugen. Es war, wie mir W. erklärte, zu erkennen, dass die Berliner Mordkommission keine weiteren verwertbaren Angaben über diesen Tatvorwurf gefunden hatte.

Ermittlungen der Spionageabwehr

Zur Überprüfung und Bestätigung oder Widerlegung der Aussagen Mischners, er habe Kontakt zum BND gehabt, leitete die Spionageabwehr des MfS einige Untersuchungen ein, soweit dazu Anhaltspunkte vorlagen.

Einreiseüberprüfungen:
Zu den von Mischner genannten Treffterminen mit dem BND-Mitarbeiter »Junge« beschaffte die Spionageabwehr die Personalangaben aller in Frage kommenden Personen aus dem westlichen Ausland, die an diesen Tagen nach Berlin eingereist waren.

Parallel dazu war mit Mischner ein Identikit-Bild (ein sogenanntes Phantom-Bild) von »Junge« erstellt worden, das als Grundlage für Vergleichsarbeiten mit den Angaben über eingereiste Personen diente.

In keinem Verdachtsfall konnte Mischner die Identität von »Junge« bestätigen.

Deckadressen
Mischner hatte als Deckadresse des BND für eine Verbindungsaufnahme angegeben:

Karl Baier, Hamburg W 4, Postfach 220

Dieses Postfach wurde durch das MfS im Juli 1971 ermittelt und überwacht. »Hamburg W4« war ein Postamt in der Nähe der Reeperbahn. Offizieller Halter des Postfachs war das Deutsche Hydrographische Institut in der Bernhard-Nocht-Straße 78, Labor Sülldorf, Hamburg 55, Wüstland. Durch längere Kontrollen wurde festgestellt, dass mehrere Abholer mit PKW auf die Sendungen im Postfach Zugriff hatten. Damit waren Existenz des Postamtes und des Schließfaches bestätigt. Ein Hinweis auf einen »Karl Baier« und der Nachweis einer nachrichtendienstlichen Nutzung des Postfachs konnten jedoch nicht erbracht werden.

Mischner hatte ferner ausgesagt, dass er Nachrichten des BND über das Postamt in Berlin-Weißensee, Charlottenburger Straße, postlagernd auf seinen Namen, erhalten habe.

Eine Postangestellte, die vorwiegend am Schalter für postlagernde Sendungen eingesetzt war, konnte sich an Nachfragen von Wolfgang Mischner erinnern. Ihre Zeugenaussagen liegen den Gerichtsakten bei.

Plan zur Festnahme von »Junge«

Mischner hatte in seinen Aussagen als Termin für den nächsten planmäßigen Treff mit dem BND-Mitarbeiter »Junge« den 14. Mai 1971 genannt. Die Spionageabwehr entwickelte einen Plan zur Festnahme des BND-Mitarbeiters. Mischner wurde zu diesem Zweck aus der Untersuchungshaft unter entsprechender Absicherung in die Nähe des Trefffortes gebracht. Der Ort war weiträumig abgesichert. Zusätzlich bewegte sich ein Mischner-

Double vom Dienstobjekt der HA PS zum Treffort, um gegnerische Kontrollmaßnahmen zu unterlaufen.

Es gab keine Begegnung mit »Junge«.

Auch die Bewegungsabläufe im Umfeld des Treffortes und die Analysen der Einreisebewegungen ergaben keine Anhaltspunkte.

Mischner beschwerte sich in der Auswertung, dass die Operation zu wenig getarnt gewesen sei – er wäre zu nahe am Treffort abgesetzt worden und die Beobachter wären erkennbar gewesen.

Persönlichkeitsbild des Wolfgang Mischner

Zur Bewertung des widersprüchlichen Verhaltens des Beschuldigten Mischner in der Untersuchungshaft beantragte der Militär-Oberstaatsanwalt am 30. Juli 1971 beim Haftkrankenhaus für Psychiatrie und Neurologie Waldheim ein »Nervenfachärztliches Gutachten«, das am 27. August 1971 erstellt wurde und den Akten beigefügt ist. Das Gutachten stützte sich auf Ermittlungsunterlagen und eigene Untersuchungen und Beobachtungen der Gutachter. Es wurde in Auszügen auch während der Gerichtsverhandlung verlesen. Darin wurde festgestellt:

»Seine Bewusstseinslage zeigte sich stets klar und besonnen, die Aufmerksamkeit und Orientierung zeitlich, örtlich und zur Person waren voll intakt. […] Seine Kritik und Selbstkritik sind erhalten, seine Intelligenz entspricht seiner guten Schulbildung in Verbindung mit hinzugewonnenen Berufs- und Lebenserfahrungen und ist als völlig intakt einzuschätzen.

Auch von der sprachlichen Ausdrucksweise her gab es keine pathologischen oder krankheitswertigen Symptome, wie auch das Gedächtnis absolut intakt war.« (*Gutachten, S. 7; Band 16 der Akte*)

In der abschließenden forensisch-psychiatrischen Beurteilung hieß es: »Die vorliegenden ausführlichen und umfangreichen Vernehmungen zur Person und Sache zeigen ebenso wie die gesamte Vorgeschichte des Mischner, dass es keinerlei Hin- oder Beweise dafür gibt, dass Mischner etwa *vor* seinen strafbaren Handlungen einer krankhaften Störung der Geistestätigkeit oder auffallenden Bewusstseinsstörungen unterlegen gewesen wäre, wie auch die gesamte Entwicklung des Mischner, seine Ausbildung, die mit ihm durchgeführten ärztlichen Untersuchungen in anderem Zusammenhang, seine dienstliche Tätigkeit, usw., usw., die Annahmen verbieten, dass es sich bei ihm um eine schwerwiegend abnorme Entwicklung der Persönlichkeit mit Krankheitswert handeln könnte, das heißt also, es gibt keinerlei Hin- und Beweise dafür, dass bei Mischner eine Psychopathie, Neurose oder dergleichen vorgelegen hätten.« (*Gutachten, S. 12; Band 16 der Akte*)

»Wir können also aus den uns vorliegenden Unterlagen, wie auch aus dem von Mischner uns gegenüber zu dieser Sache Gesagtem eindeutig entnehmen, dass er während der gesamten Zeit seiner ihm zur Last gelegten strafbaren Handlungen der Spionage die nötige Steuerungsfähigkeit, das nötige Rechtsverständnis und die nötige Einsichtsfähigkeit in das Strafbare seines Tuns und Lassens besessen hat.« (*a. a. O., S. 14*)

»Wir verzichten auf die unnötige Wiederholung einzelner Passagen in den Vernehmungen des Mischner, besonders zur Sache, aus denen unter anderem auch hervorgeht, wie er sich, seiner Verantwortung durchaus bewusst, durch Lügen abzusichern suchte, was allein von dieser Seite her sein intaktes Denkvermögen, seine Einsichtsfähigkeit, sein Rechtsverständnis, seine Steuerungsfähigkeit und die Fähigkeit, die zu erwartenden Konsequenzen voll überblicken zu können, beweist.« (*a. a. O., S. 17*)

»Wir betonen zum Schluss noch einmal, dass die Motivation nicht einer konstitutionellen oder erworbenen krankheitswertigen Persönlichkeitsstruktur entspringt, sondern dass der Motivation eindeutig charakterliche Minderwertigkeiten zugrunde liegen, die wohl primär seiner Gemütsarmut und seinem tiefen Egoismus entspringen, jedoch ist Egoismus keine forensisch-psychiatrische Diagnose in dem Sinne, dass das Vorliegen eines solchen geeignet wäre, ganz oder teilweise exkulpieren zu können.

Somit ist nach betont kritischer Würdigung aller Umstände zur Person und Sache von forensisch-psychiatrischer Seite aus der Beschuldigte Mischner als für die ihm zur Last gelegten strafbaren Handlungen strafrechtlich verantwortlich anzusehen.« (*a. a. O., S. 18*)

Die im Gutachten angedeuteten Charaktereigenschaften wurden im Schlussbericht der Hauptabteilung IX vom 6. Dezember 1971 an einem Beispiel dargestellt:

»In Wirklichkeit beurteilte er geringschätzig die Mitarbeiter seiner Diensteinheit, und seinen Einlassungen zufolge berührten ihn die Probleme, Sorgen und Nöte anderer Menschen überhaupt nicht. Diese Verhaltenseigenschaften der Unehrlichkeit, Rücksichtslosigkeit und Niedertracht werden bei dem Beschuldigten Mischner an einem typischen Beispiel deutlich.

Als der Beschuldigte im September 1970 durch einen Mitarbeiter der Diensteinheit auf Mängel seiner Arbeit aufmerksam gemacht wurde, entwendete Mischner bei einer günstigen Gelegenheit unter Ausnutzung des Spätdienstes diesem Mitarbeiter den Panzerschrankschlüssel. Am folgenden Tag erstattete er bei dem Dienstvorgesetzten eine Meldung über das Fehlen des Panzerschrankschlüssels und forderte eine strenge disziplinarische Bestrafung des Mitarbeiters wegen des Verstoßes gegen die dienstliche Ordnung und Wachsamkeit.

Wie der Beschuldigte aussagte, war es ihm eine Genugtuung, wie dieser Mitarbeiter die Stellungnahme schrieb und im Rahmen der Dienstbesprechung ›selbstkritisch‹ den Verlust des Schlüssels und sein Verhalten einschätzte.

Den Panzerschrankschlüssel nahm Mischner mit nach Hause in seine Wohnung, wo er während der Durchsuchung in dieser Strafsache sichergestellt wurde und der Akte in fotografischer Form als Beweismittel beigefügt ist.« (*Ermittlungsverfahren MfS XV/1014/72; Band IX, BStU-Signatur 122/85, BStU 007*)

Die Akten enthalten ein Schreiben des Generalstaatsanwalts der DDR an den Vorsitzenden des Staatsrates der DDR, dass er beabsichtige, die Todesstrafe zu beantragen. Daraus wurde bei Koch eine »Anfrage«. Um es klar zu sagen: Josef Streit, Überlebender der KZ Dachau und Mauthausen, Generalstaatsanwalt von 1962 bis 1986, hat niemals bei Erich Honecker »angefragt«, ob er eine bestimmte Strafe beantragen dürfe.

Wahr hingegen ist, dass es üblich war, bei derart hohen Strafanträgen den ersten Mann im Staate zuvor zu informieren.

Das Schreiben Streits an Honecker datiert vom 10. Februar 1972. Auf der ersten Seite sind die Paraphen EH und »siehe Seite 2« handschriftlich hinzugefügt. Auf der zweiten Seite hatte der Generalstaatsanwalt formuliert: »Ich beabsichtige, die Todesstrafe beantragen zu lassen. Ich bitte um Zustimmung.«

Neben dieser Feststellung steht deutlich Honeckers Bemerkung: »Nein«

Wir wissen: Entgegen dieser Feststellung wurde am 19. Mai 1972 das Todesurteil gegen Mischner verkündet und vollstreckt.

Nun lässt dieser Widerspruch gewiss Raum für Interpretationen. So wäre sowohl die Vermutung zulässig, dass Honeckers Meinung doch nicht Gesetz war, wie immer behauptet, als auch die Annahme von der Unabhängigkeit der Justiz in der DDR. Beides widerspräche dem Weltbild von Peter Ferdinand Koch.

Darum gehen seine Mutmaßungen folgerichtig in die entgegengesetzte Richtung, die seine Thesen stützen. Und Quelle für die Spekulationen ist natürlich, wie in der Fußnote ausgewiesen, »Recherchen des Autors«.

»Honecker zitierte Mielke zu sich, der ihm die Wahrheit beichtete. Der Minister für Staatssicherheit soll anschließend konsterniert in die Normannenstraße zurückgekehrt sein, denn Honecker hatte die für den 23. und 24. März terminierte Hauptverhandlung plötzlich aufgehoben.« (*»Enttarnt«, S. 379*)

Für diese angebliche Entscheidung Honeckers gibt es keinerlei Belege. Aus der Gerichtsakte geht lediglich hervor, dass die Hauptverhandlung vom 23./24. März auf den 17./18. Mai 1972 verschoben wurde. (*Band 18 – Gerichtsakte*) Im Protokoll der Hauptverhandlung vom 17. Mai 1972 ist am Ende lediglich ein Vermerk des Vorsitzenden Richters, Vizepräsident Oberst Dr. Sarge, angefügt: »Wegen der in dieser Sache notwendigen Abstimmungen auf zentraler Ebene wurde die Frist (Überschreitung 69 Tage) nicht eingehalten.«

Weder gibt es eine namentliche Zuweisung, wer die Überschreitung veranlasste, noch wer da mit wem warum was abzustimmen gehabt hatte.

Koch hingegen weiß es. Quelle: »Recherchen des Autors«:

»Hinter den Kulissen müssen wegen Mischner heftige Auseinandersetzungen ausgebrochen sein, in deren Mittelpunkt Mielke stand. Doch der verteidigte sich: Wenn Wolfgang Mischner am Leben bleibt, als ›Begnadigung‹ lebenslänglich erhält, könnten freigekaufte Mithäftlinge das Döllner Missgeschick ausplaudern und der

Westen den Generalsekretär als eigentlichen Übeltäter entlarven. Würde sich Honecker diesem Argument verschließen können?« (»*Enttarnt*«, *S. 379f.*)

Kochs Konstrukt ist absurd: Die Ablösung von Walter Ulbrichts bringt er in unmittelbare Verbindung zum Tod der Ehefrau des Personenschützers Mischner, und Mielke veranlasst den neuen Ersten Sekretär, dem Todesurteil doch noch zuzustimmen.

Zugegeben, die Aktenlage lässt Raum für Spekulation, gleichwohl muss sie nicht zwingend zu Kochs Schlüssen führen.

Im Band 19 der BStU-Akte findet sich folgende handschriftliche Notiz von Militärstaatsanwaltschaft Bock: »Die Urteilsausfertigung wurde aus der Handakte entnommen und zusammen mit dem Gnadengesuch über den GSTA der DDR an den Vorsitzenden des Staatsrates weitergeleitet. Das Urteil wurde nicht mit der Gnadenentscheidung nach hier zurückgegeben.« (*Band 19, BSTU-Pag. 214*)

Heißt das, es wurde überhaupt nicht zurückgegeben? Oder ist die Mitteilung so zu verstehen, dass die Gnade verweigert und darum das Urteil vollstreckt wurde?

Koch und die Spionageabwehr des MfS

Die Aussagen der in der BStU einliegenden diesbezüglichen Akten der Abteilung »Innere Sicherheit« der Spionageabwehr des MfS bezeichnet Koch als »Flickwerk – fernab jedweder nachrichtendienstlichen Realität«. (»*Enttarnt*«, *S. 374*)

So bemängelt er, dass im Ermittlungsverfahren ein kriminaltechnisches Gutachten der Volkspolizei-Inspektion Berlin-Mitte fehle, in welchem »die Mordspuren, sofern sie existierten«, hätten fixiert werden müssen. (*a. a. O., S. 377*).

Wie bitte?

Es gibt das ausführliche Gutachten der Gerichtsmedizin, das von Prof. Otto Prokop unterzeichnet ist, und die kriminaltechnische Untersuchung der Experten der Technischen Untersuchungsstelle des MfS.

Was hätte noch die Volkspolizei-Inspektion Mitte erledigen sollen?

Koch unterstellt, der Untersuchungshäftling Mischner sei unter Drogen gesetzt worden. »Zwei Wochen später, am 2. Juni, zwang Braun (*laut Koch der von Mielke beauftragte Agenten-Jäger – K. E.*) den möglicherweise unter Drogen stehenden Mischner daher zum Widerruf: Ich gebe zu, dass ich in den bisherigen Vernehmungen nicht die volle Wahrheit gesagt habe«, dies »betrifft die im Auftrag des Bundesnachrichtendienstes erfolgte Tötung meiner Ehefrau.« (*»Enttarnt«, S. 377*)

Koch brauchte diesen Widerruf Mischners – einen von mehreren, wie wir aus den Protokollen wissen –, um seine These von den Todesschüssen in Dölln zu bekräftigen und die Untersuchungsergebnisse als »Edgar Brauns Schauermärchen« zu disqualifizieren. Mehr noch: BND-Mitarbeiter »Junge« soll Berlin durchquert haben, »obwohl das MfS die Hauptstadt der DDR perfekt abgeriegelt hatte: IMs wie Uniformierte behielten jeden Fremden argwöhnisch im Auge, vor allem außerhalb Berlin-Mittes.« (*a. a. O., S. 376*)

Selten so gelacht: Zu jener Zeit waren bereits derart viel »Fremde«, also Touristen, in der DDR-Hauptstadt unterwegs, dass man die gesamte VP und alle Mitarbeiter des MfS hätte aufbieten müssen, um jeden »argwöhnisch im Auge« zu behalten.

Geradezu unverschämt jedoch muss man die Einführung Edgar Brauns in das Hirngespinst nennen. Braun, nachmals Leiter der Abteilung II/1 in der HA II, wurde von Koch zum Vorgangs-Verantwortlichen gemacht. Dazu erklärte der solcherart Denunzierte in der Tageszeitung *junge Welt* am 8. August 2011: »Zu den von Koch genannten und von der ›Inneren Abwehr‹ bearbeiteten Personen und deren Ehefrauen erkläre ich ausdrücklich, dass ich zu keinem Zeitpunkt persönlichen Kontakt zu diesen hatte und an Vernehmungen nicht teilnahm. Es sind dreiste Lügen und Unterstellungen des Autors.«

Zugegeben, die überlieferten Untersuchungsergebnisse im Fall Mischner sind widersprüchlich. Ein objektives Urteil scheint, wie auch die Berliner Mordkommission 1995 meinte, kaum noch realistisch zu sein. Zumal der Bundesnachrichtendienst, obgleich dazu wiederholt ersucht, jede Stellungnahme zu diesem Vorgang verweigerte.

Aber die Fakten reichen aus, um sich ein realistisches Bild zu machen: von den Vorgängen in Dölln, den nachfolgenden Untersuchungen – und vom Realitätssinn des Autors Peter Ferdinand Koch.

Die Auflösung des MfS/AfNS

Koch schlägt in seinem Buch »Enttarnt«, dieser offensichtlichen Mischung aus Dichtung und Wahrheit mit Fußnoten, die diese Bezeichnung nicht verdienen, einen Bogen bis zur Auflösung der DDR und damit ihrer Institutionen. Dass er auch bei diesem Thema Fakten und subjektive Interpretationen, halbe Wahrheiten und ganze Lügen miteinander verrührt wie auf den Seiten zuvor, überrascht nicht. Darum auch dazu einige Bemerkungen.

Die Auflösung des MfS/AfNS war kein isolierter Prozess, sondern Teil des Zerfalls des Staates DDR, die wiederum hauchte ihr Leben aus aufgrund der Implosion des von der Sowjetunion geprägten sozialistischen Bündnisses in Europa. Und die Sowjetunion und ihr Modell scheiterten nicht nur an sich selbst. Es war auch die Folge der Anstrengungen der USA und ihrer Verbündenten, die gesellschaftlichen Prozesse dort zurückzudrehen, d. h. die sozialistische Revolution und ihre Errungenschaften zu revidieren. Insofern ist der Vorgang eindeutig als Konterrevolution zu sehen.

Diese war sehr effektiv.

Die sozialistische Macht erledigte sich dadurch, indem als erstes deren Schutz- und Sicherheitsorgane liquidiert wurden. Dazu entfachten die Kräfte der Konterrevolution die »Stasi-Hysterie«. In der Folge war die Mehrheit der DDR-Bevölkerung nicht mehr bereit, ihren Staat, sein Eigentum an den Produktionsmitteln und die in vier Jahrzehnten hart erarbeiteten sozialen Errungenschaften zu verteidigen. Sie warfen sich dem Kapitalismus gleichsam an den Hals in der illusionären Hoffnung, das zu behalten, was man besaß – ergänzt um die Vorzüge der bürgerlich-kapitalistischen Gesellschaft. Als die Entscheidung über die Annexion der DDR gefallen und der Vorgang irreversibel war, merkten viele sehr bald, dass sie einem Irrtum aufgesessen waren.

Die Ausschaltung des MfS kann ich aus persönlichem Erleben beschreiben, ich war auch am 15. Januar 1990 dabei, als das Ministerium in der Normannenstraße berannt wurde.

Ein »Sturm«, der keiner war

Mit dem von Medien und Politikern damals oft, heute nur noch selten strapazierten Begriff des »Sturms auf die Stasi-Zentrale« wird suggeriert, dass es sich um eine revolutionäre Erhebung gehandelt habe. Wobei diese Wendung eigentlich die andere pathetische Formel, nämlich die von der »friedlichen Revolution«, konterkariert. Wenn's überall friedlich war, konnte nicht in Berlin-Lichtenberg gestürmt worden sein. Das erklärt, weshalb sukzessive dieser Begriff verschwand wie die »Helden« vom 15. Januar 1990.

Die Birthler-Behörde lud letztmalig zu einem Festakt und zu einem Bürgerfest am 15. und 16. Januar 2010. In dieser Einladung hieß es: »Am 15. Januar 1990 besetzten mutige Bürgerinnen und Bürger der DDR die Zentrale der Staatssicherheit in Berlin-Lichtenberg. Sie wollten vor allem die Vernichtung der Stasi-Akten stoppen. Etwa

2.000 Demonstranten erstürmten die vier Jahrzehnte lang gesicherte Stasi-Zentrale und besiegelten das Ende der Staatssicherheit. Die schließlich gesicherten Geheimdienstunterlagen waren und sind Grundlage zur Aufarbeitung der SED-Diktatur.«

Wie sah diese Besetzung aus?

In den ersten Januartagen 1990 verbreitete das Neue Forum einen Aufruf zu einer Aktions-Kundgebung am 15. Januar vor den Toren des MfS. Das Flugblatt enthielt folgende Forderungen:

Sofortige Schließung aller Stasi-Einrichtungen;
Hausverbot für alle Stasi-Mitarbeiter;
Einleitung von Ermittlungsverfahren gegen das MfS;
Offenlegung der Befehlsstrukturen zwischen
SED und Stasi;
Stasi in die Volkswirtschaft und
Verzicht auf die Bildung neuer Geheimdienste.
Schreibt eure Forderungen an die Mauern der Normannenstraße!
Bringt Farbe und Spraydosen mit!
Wir schließen die Tore der Stasi!
Bringt Kalk und Mauersteine mit!

Mit den Steinen sollten angeblich die Zugänge vermauert werden. Aber wozu das, wenn man noch ins Objekt hinein wollte, um die Akten zu »sichern«.

Die Zentrale des MfS wurde zu jenem Zeitpunkt schon nicht mehr von eigenen Kräften gesichert, sondern von VP-Angehörigen. Diese kontrollierten die ausfahrenden PKW. Ein VP-Angehöriger erklärte später dem Jugendfernsehen aus Adlershof *elf99* ehrlich: »Wir sollten mit unseren flüchtigen Kontrollen bei den Ausfahrten verhindern, dass erfahrene Geheimdienst-Profis irgendwelche Unterlagen herausschmuggeln würden – ein lachhaftes Unternehmen.«

Gegen 17 Uhr versammelte sich in der Ruschestraße eine große Menschenmenge, in Medienberichten sprach man von mehreren Tausend. Die Stimmung war angespannt und wurde zunehmend gereizter. Erste Demonstranten kletterten auf das eiserne Doppeltor an der Ruschestraße, um es möglicherweise von innen zu öffnen. Das aber war nicht nötig: Es öffnete sich von allein. Das »Verdienst« kam den VP-Angehörigen des Wachpersonals zu.

Die Masse der Demonstranten strömte in den Innenhof und wandte sich auf wundersame Weise dem Versorgungstrakt zu. Wer führte sie so zielgerichtet in die Irre? In jenem Haus 18 befanden sich keinerlei Diensträume, nur Speisesäle, Konferenzräume und Versorgungseinrichtungen wie Kaufhalle, Friseur, Buchhandlung etc. sowie deren Verwaltungsbüros.

Im *Neuen Deutschland* hieß es dazu am nächsten Tage: »Die Spitze tobte auf das Haus 18 – ein Büro- und Versorgungstrakt – zu. Steine zertrümmerten die Glasfront des Eingangs. Damit war der Weg in das Gebäude frei. Johlend stürmte eine große Menge in das mehrgeschossige Haus. Papiere und Möbel flogen aus zerschlagenen Fenstern auf das Pflaster. Randalierer verwüsteten die Räume und plünderten in Büro- und Diensträumen, in der Kantine, in einem Buchladen und in der Theaterkasse, was nicht niet- und nagelfest war.«

Am 17. Januar informierte der stellvertretende Innenminister und Chef der VP, Generalmajor Dieter Winderlich, über das Ausmaß der Sachschäden und bezifferte deren Höhe auf etwa eine Million Mark.

Vertreter des Neuen Forum bezweifelten diese Angaben.

Winderlich teilte auf der Pressekonferenz ferner mit, dass die Kriminalpolizei eine Einsatzgruppe gebildet habe, die die schwere Sachbeschädigung, Rowdytum und den Diebstahl untersuchen und die Täter ermitteln werde.

Über die Ergebnisse der eingeleiteten Untersuchungen wurde nie berichtet.

Fernsehteams aus der BRD und aus Westberlin waren dabei, als die Zentrale berannt wurde. Namentlich in Erinnerung ist mir der *ARD*-Korrespondent Fritz Pleitgen, der anklagend vermeintliche Gehaltsabrechnungen und eine Speisekarte in die Kamera hielt, womit gesagt sein sollte, dass hier Maden im Speck gelebt hätten. Bei näherer Betrachtung aber handelte es sich nicht um den Kantinenaushang, sondern um ein Menü, das Minister Mielke beim Besuch einer ausländischen Delegation hatte servieren lassen.

Dennoch lebt diese Legende absichtsvoll fort. In der *Berliner Zeitung* las man anderthalb Jahrzehnte danach: »Die Wut war nicht mehr zu stoppen. Als am 15. Januar 1990 aufgebrachte Demonstranten in die Berliner Stasi-Zentrale eindrangen, konnten sie es nicht fassen: Räucheraal und Krabben auf der Kantinen-Speisekarte, mit Roastbeef und Haifischflossensuppe in Dosen, gefüllte Lagerräume, holzgetäfelte Konferenzräume. Statt ihrer Stasi-Akten sahen sie diesen für DDR-Verhältnisse unvorstellbaren Luxus.« (*dpa* vom 14. Januar 2005)

Einige Demonstranten hingegen liefen zielstrebig über eine Fußgängerbrücke zum Haus 2. Dort befand sich die Spionageabwehr, die HA II. Mit Gewalt verschafften sie sich Zutritt zu 18 Diensträumen. Sie verfügten offenkundig über Insiderwissen. Wie erst später bekannt wurde, war im Dezember 1989 Oberstleutnant Frank Wiegand, Abteilungsleiter in der HA II, mit seiner Sekretärin zum Bundesnachrichtendienst übergelaufen. Von ihm stammten die Hinweise für die Einsatzgruppe des BND, die nun hier aktiv wurde.

Mit dieser Aktion gerieten größere Aktenbestände, nicht nur relativ wertlose Unterlagen, in den Besitz des BND. Unter dem Altpapier befand sich auch eine 90 Seiten umfassende Materialsammlung über US-Präsident Ronald Reagan. Als dieser am 6. Februar 1992 seinen 81. Geburtstag beging, machte ihm ein US-Geheimdienstler das Konvolut zum Geschenk. Er habe es, wie die *Berliner Zeitung* fünf Tage später berichtete, bei »einem Antikommunisten gekauft, der die Beute im Januar 1990 beim Sturm auf das Stasi-Hauptquartier in Berlin gemacht habe«. Die Meldung an exponierter Stelle war sinnig überschrieben mit »Reagan erhielt seine Stasi-Akte«.

Mitarbeiter der Spionageabwehr, die sich im Hause befanden, berichteten später, dass in dieser Zeit wiederholt die Telefone klingelten. Das Lagezentrum des Bundesamtes für Verfassungsschutz erkundigte sich nach der Situation vor Ort. (*Vgl. Helmut Wagner: Schöne Grüße aus Pullach, Berlin 2000, S. 183*)

Diese Anrufe hatten wohl auch den Zweck, uns zu signalisieren, dass man beim BfV und den anderen westlichen Geheimdiensten über uns informiert sei und somit alles im Griff habe.

Nur die US-Dienste schienen angeblich den Anschluss verpasst zu haben, wie Milton Bearden, damals Leiter der Abteilung Sowjetunion/Osteuropa in der CIA-Zentrale, in seinen Erinnerungen berichtete: »Die Fernsehberichterstattung über die Erstürmung der Stasi-Zentrale erregte auch die Aufmerksamkeit von Präsident Bush, und er fragte den CIA-Mitarbeiter, der ihn, wie üblich, über die tagesaktuellen Geheimdiensterkenntnisse informierte, ob sich die CIA denn ihren Anteil an den Dokumenten sichere, die auf die Straßen Ost-Berlins herabregneten.

CIA-Chef Webster erfuhr vom Interesse des Präsidenten, und bald führte das, was als beiläufige Bemerkung im Weißen Haus begonnen hatte, bei der Agency zu hektischer Betriebsamkeit. Webster erkundigte sich, ob seine Leute sich schon Stasi-Akten beschafft hätten. Die Antwort war Nein, und der CIA-Direktor fragte nach, ob wir vielleicht neue Leute in Berlin brauchten. Die Botschaft war unmissverständlich.«

Die CIA-Zentrale schickte einen hochrangigen Beamten nach Berlin, um dem Leiter der CIA-Residentur vor Ort, David Rolph, »Beine zu machen«. (*Milton Bearden/James Risen: Der Hauptfeind – CIA und KGB in den letzten Tagen des Kalten Krieges. Berlin 2003, S. 508*)

Ob es sich tatsächlich so verhielt oder ob es ein Tarnmanöver der CIA war, muss als offen gelten. Die Geschichte wird noch zeigen, ob die Amerikaner nicht doch bereits am 15. Januar 1990 mit dabei waren.

Am 16. Januar übernahm erst einmal ein selbsternanntes und selbstlegitimiertes »Bürgerkomitee Normannenstraße« die Kontrolle im Gebäudekomplex.

Die Besetzung der MfS-Zentrale in Berlin war der Höhepunkt der von verschiedenen Kreisen der Bürgerbewegung organisierten und angeführten DDR-weiten Kampagnen gegen das MfS. Zu jenem Zeitpunkt waren alle Kreis- und Objektdienststellen sowie die fünfzehn Bezirksverwaltungen des MfS schon nicht mehr arbeitsfähig und acht Bezirksverwaltungen von Bürgerkomitees besetzt. Mithin galt der sogenannte »Sturm« auf die MfS-Zentrale einem Gegner, der sich bereits in Agonie befand.

Ministerpräsident Hans Modrow hatte in seiner Regierungserklärung am 17. November 1989 die Bildung eines Amtes für Nationale Sicherheit (AfNS) in Aussicht gestellt, welches an die Stelle des MfS treten sollte. Aber am 7. Dezember 1989 beschloss der Zentrale Runde Tisch auf Betreiben von Vertretern der Bürgerbewegung, das AfNS aufzulösen und die Objekte des Amtes durch die Volkspolizei zu sichern. Insbesondere drängten die Bürgerrechtler darauf, die Aktenvernichtung einzustellen.

Die Regierung Modrow gab dieser Forderung nach und beschloss am 14. Dezember die Auflösung des AfNS und, nach BRD-Muster, die Neugründung eines Verfassungsschutzes und eines Auslandsnachrichtendienstes. Der Zentrale Runde Tisch drängte auf die schnelle Realisierung dieser Entscheidung und bildete eine Arbeitsgruppe Sicherheit zur Überwachung der

Auflösung des AfNS. Zugleich forderte er die Regierung auf, den Beschluss über die Bildung von Verfassungsschutz und Nachrichtendienst aufzuheben.

Die Modrow-Regierung entsprach auch dieser Forderung und erklärte am 12. Januar 1990 vor der Volkskammer, dass bis zur Parlamentswahl, die für den 6. Mai vorgesehen war, keine neuen Dienste geschaffen werden würden.

In den Bezirken und in der MfS-Zentrale war die Auflösung bereits im vollen Gange. Die Mehrheit der Führungskader – Minister, Stellvertreter, Leiter und Stellvertreter von Hauptabteilungen – war aus dem Dienst ausgeschieden. In den Einheiten wurden die Mitarbeiter aufgefordert, sich Arbeit im zivilen Leben zu suchen.

Am 10. Januar waren die Waffenkammern auch in der MfS-Zentrale geräumt worden, die dort gelagerten Infanteriewaffen kamen in Einrichtungen des MdI.

Auch innerhalb des MfS gab es politisch motivierte Proteste. Es entstanden Mitarbeiterräte zur Kontrolle der Leitungen der Abteilungen, in Parteiversammlungen kam es zu heftiger Kritik am Führungspersonal, es wurden Vorwürfe des Machtmissbrauchs und der Privilegienwirtschaft erhoben. Erstmals fand auf dem Hof der MfS-Zentrale eine Protestkundgebung von mehreren hundert Mitarbeitern statt. (*Klaus Eichner: »Aufstand am ›Monarchenhügel‹«* – in: *Spurensicherung IV, Schkeuditz 2002, S. 187*)

Konnte das Öffnen der schweren Eisentore in der Rusche- und Normannenstraße noch als Symbol für das nahe Ende der DDR gelten, so war der Aufruf des

Neuen Forum eine bewusste Kampfansage und Macht-
demonstration. Obgleich man die Losung »Keine Gewalt!« auf den Lippen führte und als Schärpe vorm
Bauch trug, provozierte dieser Auftritt genau das Gegenteil. Die Staatsorgane der DDR waren handlungsun-
fähig, trotz der tagelangen Ankündigung der »Aktions-
kundgebung« wurden die Sicherungskräfte der VP
nicht verstärkt, der Zentrale Runde Tisch tagte weit
weg vom Ort des Geschehens. Die Gefahr von Aus-
schreitungen und Gewaltexzessen war real.

Dem besonnenen und verantwortungsbewussten Verhalten der im Objekt des MfS verbliebenen Mitarbeiter
war es schließlich zu verdanken, dass die Konfrontation
am 15. Januar 1990 nicht eskalierte. Jeder, der dort war,
wird sich an die extremen physischen und psychischen
Belastungen dieser Stunden erinnern.

Mit der Besetzung der Zentrale wurde uns, den Vertretern der DDR-Aufklärung, nachdrücklich vor Augen geführt, was geschehen würde, fielen der Gegenseite die
Unterlagen über unsere Quellen insbesondere im westlichen Ausland in die Hände. Wir mussten sie um jeden
Preis schützen. Unabhängig von Beschlüssen und Befeh-
len über die Einstellung der Aktenvernichtung forcierten
wir deren Liquidierung. Parallel dazu bemühten wir uns
in Abstimmung mit dem Zentralen Runden Tisch einen
Beschluss über die Selbstauflösung der Auslandsauf-
klärung der DDR zu erreichen. Wir selbst wollten Siche-
rungen zum Schutz unserer bislang unentdeckten Quellen einbauen und die Verbindungen zu ihnen kappen.
Dadurch sollten sie vor einer Enttarnung und möglicher
juristischer Verfolgung geschützt werden.

Koch geht in seinem Buch darauf ein. Er nährt den Verdacht, dass die CIA Regie geführt habe. »Die Amerikaner hatten das Steuerruder ohnehin längst übernommen.« (»Enttarnt«, S. 324)

»Ein Wartburg-Kastenwagen vom Typ B 1000 mit dem Kennzeichen IF 76-60 stand zur Abfahrt in die Roedernstraße bereit. Ein Kirchenvertreter war nicht in Sicht, auch das Bürgerkomitee fehlte. Der Fahrer setzte sich ans Steuer. Die Wache am Tor Normannenstraße ließ ihn nach Vorlage der Legitimation passieren. Er bog ab in Richtung Vulkanstraße. In der Konrad-Wolf-Straße lenkte er in die Strausberger Straße. Dort bremste er, ließ den Motor aber laufen. Dann stieg er aus und verschwand in einem Hausflur. Sekunden später saß bereits ein Unbekannter am Lenkrad. Der vollbeladene Kleinlaster raste nach Zehlendorf, während CIA-Bodyguards kritische Kreuzungen der festgelegten Route absicherten. Für den Fall einer ›Gegenoperation‹ wollten sie tatsächlich zur Waffe greifen. In der Sven-Hedin-Straße rollte das Fahrzeug in eine Villen-Garage. Minuten später befand sich der B 1000 bereits wieder auf der Leerfahrt nach Ost-Berlin. Am Ausgangspunkt angekommen, übernahm der ›alte‹ HV A-Chauffeur seinen Wagen. Als der ins MfS-Hauptquartier zurückgekehrt war, ging jeder davon aus, dass er die Fracht in der Roedernstraße ›gelöscht‹ hätte.« (Quelle: »Recherchen des Autors«)

Kochs lapidarer Kommentar: »So einfach war das.« (»Enttarnt«, S. 324f.)

Abgesehen davon, dass sich Koch nicht einmal bei den DDR-Fahrzeugen auskennt: Einen »Wartburg-Kastenwagen vom Typ B 1000 gab es nicht. Es wurde in Eisenach der PKW »Wartburg« in verschiedenen Modellen gebaut. Der Barkas B 1000 hingegen war ein Kleintransporter, der im Bezirk Karl-Marx-Stadt gefertigt wurde.

Also mal abgesehen von diesen unwesentlichen Details reitet Koch auch bei dieser Darstellung seinen Pegasus. Aber, wie die nachfolgenden Reaktionen und Rezensionen bezeugten, ziemlich erfolgreich.

Geheimdienstgülle

So überschrieb Diether Dehm seine Rezension in der *jungen Welt* vom 27. Juli 2011 und fügte in der Unterzeile hinzu: »Ein Buch über den *Spiegel* und andere Agenten.«

»Als ich ihn kennenlernte, schenkte mir Peter Sodann ›Wer die Zeche zahlt‹ von Frances Saunders. Mit haarkleinen Belegen, wie US-Geheimdienste und BND seit den 50er Medienkampagnen steuerten, gegen den sowjetischen Komponisten Dmitri Schostakowitsch, den Maler Pablo Picasso, gegen Bertolt Brecht. Und gegen andere, die schon von Goebbels und McCarthy verfolgt worden waren. ›Verschwörungstheorien‹? Wo Verschwörungen sind, braucht's auch Theorie dazu.

Später las ich Erich Schmidt-Eenbooms ›Der BND‹ und ›Undercover. Wie der BND die deutschen Medien steuert‹. Selbst *Spiegel*- und *Zeit*-Mitarbeiter, ja sogar Marion Gräfin Dönhoff, wurden schnöde BND-IMs. Nahkampfziel des Altnazi Reinhard Gehlen: linksliberal reputierte Meinungsmultiplikatoren in den Griff zu kriegen.

Der einstige *Spiegel*-Redakteur Peter-Ferdinand Koch liefert nun in ›Enttarnt‹ anderes Material hinzu, wobei er möglicherweise einigen im Ministerium für Staatssicherheit der DDR (MfS), wie Markus Wolf und Werner Großmann, herrschendes Unrecht tut.

Aber: Warum soll einer die DDR nach ihrem Untergang noch zu lieben beginnen? Mir hatte dies das Schikane- und Gewaltmonopol der SED zu ihren Lebzeiten schon schwer genug gemacht. Aber wenigstens war die DDR befreit von Auschwitzfinanziers der Deutschen Bank und NS-Staatsterroristen Konrad Adenauers.

Seit April (*seit Erscheinen des Buches – K. E.*) musste Koch noch keine Zeile schwärzen. Das mag MfS-seitig daran liegen, dass niemand mehr klagen kann. Aber dass weder des *Spiegels* journalistische Rufmordschwadronen bislang eine einzige einstweilige Verfügung erwirkt haben noch der BND, deutet auf geringe Fehlerquoten. Auch wenn Koch oft räuberpistolig wird (›MfS-Oberst Franz Gold […], vormaliger Fleischermeister, der dem Schauspieler Gert Fröbe verblüffend ähnlich sah‹).

Der eigentliche Aufbauer des MfS, Rote-Kapelle-Mitbegründer Hans Fruck, hingegen genießt Kochs Respekt (›Lichtblick … aufopferungswürdig mitfühlend … legendäre Figur, bekannt als ›Arbeitergeneral‹ … konnte über Mielke oder Honecker ungestraft herziehen … weiser Mann … brillante Menschenkenntnisse‹).

Die ›friedliche‹ Revolution erfreut sich bei Koch auch nicht vorgestanzten Jubels: Koch nimmt die DDR-Gründungsidee partiell in Schutz: ›Fruck bemerkte vor allem dies: Als 1945 Europa in Trümmern lag, sollte ein zweiter Adolf Hitler niemals mehr zugelassen werden. […] Doch auf Beförderung wie Gehaltszulagen fixierte Karrieristen gewannen zunehmend die Oberhand. Diese augenfällige Veränderung, registrierte Hans Fruck, setzte ein, als sich mit Honeckers Aufstieg auch das Ausleseverfahren des MfS wandelte. Rangerhöhungen wurden nicht mehr über Kriterien nachrichtendienstlicher Kompetenz verfügt, das Vorwärtskommen entschied die genossenschaftliche Cliquen- und Vetternwirtschaft‹. (Fassadenzynismus, antifaschistischen Rentnern kubanische Winkelemente in die Hand zu drücken, um die Wahl junger, in ideenlose, angepasste Regierungsarbeit strebender Karrieristen beklatschen zu lassen, ist ja im linken Lager noch heute nachzuschmecken.)

Von besonderem Kaliber aber ist, was Koch gegen BRD-Geheimdienste abfeuert. Namentlich genannte Nazischergen wie die Häscher der kleinen Anne Frank, Karl Josef Silberbauer, waren für die Organisation Gehlen und BND nichts als ›kompetente Köpfe‹. Oder: ›Jeder Geheimdienst, der etwas auf sich hält, verfolgt dieses Ziel: einen Vertrauten beim *Spiegel* zu platzieren.‹

Oder: ›Weil Wilfried von Oven in diesen braunen Kreisen verkehrte, avancierte er zum Südamerika-Korrespondenten des *Spiegel*. Augstein nutzte ihn als Bindeglied zur NS-Kolonie. Dann hofierte das Magazin […] Karl Friedrich Grosse, NSDAP-Mitglied, seit 1931 Chef des Auslandspresseclubs unter Ribbentrop.‹

Oder: ›Altnazis, die sich da im *Spiegel* artikulierten, mochten ihr Drittes Reich nicht aus dem Gedächtnis streichen. […] Winfried Marini wollte 1966 wohl eine noch offene Rechnung mit Carl von Ossietzky begleichen, dessen *Weltbühne* er – ohne Aufschrei des *Spiegel* – zur ›wöchentlichen Beleidigung des deutschen Volkes‹ erklärte.

Oder: Altnazi ›Franz Alfred Six beschäftigte sich mit einer Europäischen Union – allerdings unter der Zuchtrute des Dritten Reichs mit seinem geliebten Führer […] als Sklavenhalter.‹

Der *Spiegel* über die neue Six-Botschaft: ›Die Autoren haben einen Typ globaler strategischer Buchreportage entwickelt, […] von der Kritik durchweg freundlich aufgenommen.‹ Und wer lieferte die nationalsozialistischen Ladenhüter aus? Der Darmstädter Verlag C. W. Leske, wo Franz Alfred Six den Geschäftsführer gab. Die nunmehrigen *Spiegel*-Redakteure Mahnke und Wolf empfahlen den *Spiegel*-Lesern 1954 ihr aufgefrischtes NS-Produkt, freilich um eine militärpolitische Variante ergänzt: Die Hilfsvölker der Weltmachtgiganten würden an strategischer Bedeutung verlieren.

Und weiter: ›Geheimdienste jedweden Couleur kamen am *Spiegel* nicht vorbei. […] Auf das konspirative Gewerbe wirkte das Magazin wie ein Magnet, denn beim Spiegel hatte sich versammelt, was die Lebensgeister jedes gestandenen Nachrichtendienstes aktivierte, Alkohol, Schulden, Mätressen […] Nötigungen […] waren die Folge […], wie die des einstigen NS-Hauptsturmführers Horst Mahnke. Er arbeitete seit 1948 für die Organisation Gehlen unter dem Decknamen Klostermann […], nebenher Redakteur des Spiegel.‹

Von Koch erfahren wir auch, wie ›Nachrichtendienste den *Spiegel* bis heute (!) als exklusives Forum begriffen‹, dass der frühere Chef der Deutschen Bank und Adenauer-Berater, Hermann Josef Abs (1901-1994), einen hochkarätigen NS-Beamten namens Piepenbrock als Führungsoffizier hatte, und wie Altnazi Gehlen unter dem IM-Namen ›Rusty‹ vom CIA in die neue antikommunistische Frontarbeit eingeführt wurde. Und auch, wie konkret der Sturm auf die ›Stasi-Zentrale‹ in der Normannenstraße stattfand. ›Der Verdacht, die CIA hätte Regie geführt, erhärtet sich. Die Amerikaner hatten das Steuerruder ohnehin längst übernommen.‹

Kochs belegbare Fakten sollten unsere werden, auch wenn er von antikommunistischem Weltbild und snobistischem *Spiegel*-Stil nicht ganz lassen kann: ›Mit Errichtung der DDR im Oktober 1949 fielen antikommunistische Rechthaber aus dem Westen in Massen in den deutschen Rumpfstaat ein, […] eine Art antikommunistische RAF, […] aufgestachelt von rund 50 geheimdienstlichen Organisationen, die sich ihre Wühltätigkeit von den Amerikanern oder Engländern fürstlich bezahlen ließen. Sie alle wollten dasselbe: Ulbrichts Gebilde in die Knie zwingen. […]

Die Expansion des MfS war lediglich die Reaktion auf diese gigantische Invasion. […] Die geheimdienstliche Gülle, die der Westen da über die DDR-Felder goss, förderte die Aggression der Kommunisten. Während im Osten von der Gestapo verfolgte KP-Widerständler endlich ihren Traum von einem kommunistischen Deutschland verwirklicht sahen, versuchten ihre einstigen Verfolger die am Leben gebliebenen Ehedem-Gegner erneut auszuschalten.‹

Dann, gegen Ende des Buches, steht schier Unglaubliches: Der ›Übergang‹ zu Honecker im Jahr 1971 war kein gewaltloser Putsch. Vor Ulbrichts Amtssitz Dölln kam es zum Schusswechsel, bei dem eine Frau den Tod fand. Wie dies zum Eifersuchtsmord ihres Mannes mit vollstrecktem Todesurteil umgetuscht wurde, dürfte selbst hartgesottenen MfS-Fans die Kotze hochtreiben.

Ausgerechnet der Arrangeur dieses Justizterrors, Edgar Braun, ›den andere MfS-Genossen zum *Himmler der Staatssicherheit* ernannt hatten‹, wurde 1989 für BRD-Geheimdienstchef Eckart Werthebach zum MfS-

Abwickler und Verfolger seiner früheren Kollegen, zum ›Wendewerkzeug‹. Und damit nicht genug: Brauns Liebesmordstory wurde als ›BND-Schauermärchen, […] eines betrogenen Tages bitter ernst genommen – vom heutigen Chefredakteur des *Spiegel* – von Georg Mascolo‹.

Eine Schmonzette? Oder doch nur bitterer Beleg für blutige Wendehalsigkeit, wie sie in allen Geheimdiensten wohnt: ›Wer mit Ungeheuern kämpft, mag zusehn, dass er nicht dabei zum Ungeheuer wird.‹ (Nietzsche)«

Mit diesem Text kündigte Diether Dehm auch eine Podiumsdiskussion (»Roter Bock«) am Sonntag, dem 3. Juli 2011, in Berlin an. Daran nahmen der Autor Peter-Ferdinand Koch, Erich Schmidt-Eenboom und *jW*-Chefredakteur Arnold Schölzel teil.

Dehm hatte in seiner Besprechung nicht nur Kochs Gülle widerspruchslos hingenommen, weil er ihm offenkundig jede Zeile als wahr abnahm. Er hatte auch, und das war für die *jW* ein Novum, ziemlich üble antikommunistische Hetze betrieben, indem er das denunziatorische Verdikt vom »Himmler der Staatssicherheit« kolportierte.

Ich war darüber maßlos wütend, weshalb ich – nach dem Besuch des »Roten Bocks« mit Dehm, Koch, Schmidt-Eenboom und Schölzel – einen Leserbrief an die *junge Welt* schickte. Dieser erschien gekürzt am 13. Juli. Hier die ungekürzte Fassung:

Der Bundestagsabgeordnete der Linkspartei Diether Dehm veranstaltete seinen traditionellen Roten Bock am 3. Juli 2011 in Berlin. Die Hauptperson war der Buchautor Peter-Ferdinand Koch, der mit seinem neuen Buch »Enttarnt« aktuell in die Schlagzeilen geraten war.

Zu diesem Buch hatte Diether Dehm bereits in der *jungen Welt* vom 27. Juni 2011 eine wohlwollende Rezension geschrieben, und er empfahl beim Roten Bock dieses Buch auch nachdrücklich allen Anwesenden.

Eine Diskussion wurde nicht zugelassen!

Peter-Ferdinand Koch, Jahrgang 1943, begann seine Karriere als Journalist bei der *Hamburger Morgenpost* und war etliche Jahre als Journalist für den *Spiegel* tätig. Er hat bisher mehrere Bücher zu Geheimdienstaktivitäten im Ost-West-Konflikt veröffentlicht. Er rühmt sich seiner guten Kontakte zum BND und zum Verfassungsschutz, aber auch zum israelischen Mossad.

Koch ist in Kreisen der ehemaligen Mitarbeiter des MfS kein Unbekannter. Werner Großmann hat in seinem Buch »Bonn im Blick« (S. 241ff.) Kochs zwielichtige Avancen und Aktionen als »Nachrichtenhändler« ausführlich dargestellt. U. a. schreibt der letzte Leiter der HV A, dass Koch mit Geld und Alkohol Oberst a. D. Karl-Christoph Großmann, stellvertretender Leiter der Abteilung Äußere Abwehr der HV A, dem BND zugeführt und somit aktiv zum Verrat mehrerer Quellen der HV A beigetragen hat.

Was Koch in seinem neuen Buch über das MfS und seine leitenden Mitarbeiter schreibt, ist so neu nicht. Die

Mehrzahl seiner diesbezüglichen Behauptungen hatte er bereits 1994 in seinem Buch »DDR contra BRD – die feindlichen Brüder« publiziert.

Bereits dort praktizierte er die unwissenschaftliche Methode, alle problematischen Aussagen mit Quellenangaben »Archiv des Autors« zu belegen. Jetzt variierte er dieses Vorgehen mit den Angaben »Recherchen des Autors« und verweist dabei auf »vertrauliche Gespräche« oder »vertraulich zur Verfügung gestelltes BND-Material«. Da kann sich der Leser jeweils selbst heraussuchen.

Der Autor hat in einigen Passagen interessante historische Vorgänge dargestellt, die wertvolle Hinweise zur Geschichte der internationalen Geheimdiensttätigkeit bringen. Andere Aussagen, etwa zu den faschistischen Wurzeln der Gründer der westdeutschen Geheimdienste, ergänzen lediglich Personalangaben aus freigegebenen CIA-Dokumenten und fügen einige neue Erkenntnisse hinzu. Wie bei westdeutschen Autoren üblich ignoriert auch Koch sämtliche Publikationen und Quellen der östlichen Seite zu diesem Thema. Lediglich in einer Fußnote nennt Koch Publikationen des DDR-Autors Julius Mader.

Ausführlich beschäftigt er sich mit den nachrichtendienstlichen Verbindungen seines früheren Arbeitsgebers, der *Spiegel*-Redaktion.

Jedoch in allen Passagen, die die Tätigkeit der östlichen Geheimdienste betreffen, macht Koch aus seinem antikommunistischen Herzen keine Mördergrube. Das betrifft sowohl die Geschichte der sowjetischen Nachrichtendienste, vor allem des militärischen Nachrichtendienstes GRU, als auch das MfS. Für ihn spielt keine

Rolle, dass die Gründergeneration des MfS nachweislich von aktiven antifaschistischen Widerstandskämpfern dominiert wurde (*siehe beispielsweise Eichner/Schramm: Angriff und Abwehr, Berlin 2007*). Kochs abfällige und wahrheitswidrige Äußerungen über Mitarbeiter des MfS, seine antikommunistischen Hetztiraden, sind eine Beleidigung ihrer antifaschistischen Gesinnung und Betätigung.

Es ist nicht hinzunehmen, dass Herr Koch einen leitenden Mitarbeiter des MfS tituliert mit Vokabeln wie »blutgetränkte Vergangenheit«, »mörderisches MfS-Vorleben«, »Aufstieg zum Henker verbunden mit sadistischer Gewalt«, »Spitzname ›Bluthund‹«, »Einsatz von Kinnhaken, Tritte in die Genitalien, in den Bauch«, »einer der übelsten Henkerknechte des MfS«. Im Sinne der Gleichsetzung von Faschismus und Sozialismus wird von ihm die MfS-Abteilung Innere Sicherheit (Hauptabteilung II/1) mit der SS im Dritten Reich verglichen und deren Leiter als »Himmler der Staatssicherheit« charakterisiert.

Eine auch von Diether Dehm hochgelobte Aussage betrifft einen angeblichen Schusswechsel zwischen Personenschützern von Walter Ulbricht und Erich Honecker 1971 vor Ulbrichts Sommersitz in Dölln. Das soll Bestandteil des Machtwechsels zwischen Ulbricht und Honecker und mit dem Tod der Ehefrau eines Personenschützers verbunden gewesen sein.

Koch verdreht die Darstellungen zum Ablauf des Gesprächs zwischen Ulbricht und Honecker und die entsprechenden Ermittlungen des MfS zu diesem Todesfall auf seine Weise. Die Zentrale Ermittlungsstelle für Regierungs- und Vereinigungskriminalität (ZERV) hat in jahrelangen Untersuchungen durch erfahrene Kriminalisten und Geheimdienstler eine solche Feststellung nicht treffen können – und sie haben wahrlich nach solchen Hinweisen gesucht.

Aber immerhin hat Herr Koch Wirkung erzielt, da Diether Dehm in seiner Rezension die Koch'sche Darstellung ungeprüft als bare Münze übernimmt und ihr zugesteht, sie würde »selbst hartgesottenen MfS-Fans die Kotze hochtreiben«.

Das tut sie auch. Aber aus einem anderen Grunde.

Wie sich ehemalige Mitarbeiter des MfS – oft Unterstützer und Wahlvolk der Partei Die Linke – bei solchen Wertungen fühlen, dürfte denkenden Lesern klar sein.

Herr Koch beansprucht auch bei der Bewertung der Besetzung der MfS-Zentrale am 15. Januar 1990 die Deutungshoheit mit der Aussage, der Verdacht, die CIA hätte Regie geführt, erhärte sich.

Dagegen kann man nur die Aussage eines kompetenten Zeitzeugen, des damaligen Abteilungsleiters Sowjetunion/Osteuropa in der CIA-Zentrale, Milton Bearden setzen: »Die Fernsehberichterstattung über die Erstürmung der Stasi-Zentrale erregte auch die Aufmerksamkeit von Präsident Bush, und er fragte den CIA-Mitarbeiter, der ihn, wie üblich, über die aktuellen Geheimdiensterkenntnisse informierte, ob sich die CIA denn ihren Anteil an den Dokumenten sichere, die auf die Straßen Ost-Berlins herabregneten. CIA-Chef Webster erfuhr vom Interesse des Präsidenten, und bald führte das, was als beiläufige Bemerkung im Weißen Haus begonnen hatte, bei der Agency zu hektischer Betriebsamkeit. Webster erkundigte sich, ob seine Leute sich schon Stasi-Akten beschafft hätten. Die Antwort war Nein, und der CIA-Direktor fragte nach, ob wir vielleicht neue Leute in Berlin brauchten. Die Botschaft war unmissverständlich.«

Die CIA-Zentrale schickte extra einen hochrangigen CIA-Beamten nach Berlin, um dem Leiter der CIA-Residentur vor Ort, David Rolph, »Beine zu machen«. (*vgl. Bearden/Risen: Der Hauptfeind – CIA und KGB in den letzten Tagen des Kalten Krieges. Berlin 2003, S. 508*)

Bleibt die abschließende Frage: Muss ein Abgeordneter der Linkspartei unbedingt versuchen, einen wildgewordenen Journalisten aus der *Springer-* und *Spiegel*-Schule in linken Kreisen hoffähig zu machen?

Neben der gekürzten Fassung in der *jW* brachte auch *RotFuchs* diesen Text in der Ausgabe im September 2011. Der Vorstand der Gesellschaft zur rechtlichen und humanitären Unterstützung e. V. (GRH) fügte noch einen Kommentar hinzu und sandte die Entgegnung an Dehm.

Auf meine Replik reagierte Peter-Ferdinand Koch. Die *junge Welt* brachte seine Reaktion am 26. Juli 2011 unter der Überschrift »Durch wen denn sonst?«, die nachfolgend zitiert wird.

Entgegnung auf zwei Rezensionen

Ende Juni hat Diether Dehm in dieser Zeitung mein Buch »Enttarnt« rezensiert (*jW* vom 27.6.). Daraufhin »rezensierte« der vormalige Oberst der HV A (Hauptverwaltung Aufklärung), Klaus Eichner, die Rezension Diether Dehms in der *jW* vom 13. Juli. Mir scheinen einige Anmerkungen nötig.

In der Tat habe ich mehrere Bücher über Nachrichtendienste geschrieben, wie Eichner in seiner Gegenrede treffsicher feststellte. Vor allem dank meiner (privaten) Verbindungen zum Bundesnachrichtendienst (BND), zum Bundesamt für Verfassungsschutz (BfV) und zum Mossad, wie Eichner ordentlich resümiert. Einen Dienst hat er aus unerklärlichen Gründen unterlassen, einen der Amerikaner.

Eichners Exchef, der vormalige Generaloberst Werner Großmann, hat mich in seinen Memoiren »Bonn im Blick« einen »zwielichtigen […] Nachrichtenhändler« genannt. Eichner übernimmt die Großmann-Zitate, wohl wissend, dass die Behauptung über eine einstweilige Verfügung untersagt ist. Egal. Mit Nachrichten hat hauptberuflich ausschließlich Eichner gehandelt. Freiwillig und aus Überzeugung. Im Gegensatz zu ihm gehörte ich niemals einem Geheimdienst an. Ich bin Journalist. Nichts anderes. Freilich: Selbst Journalisten sammeln Nachrichten.

Der lieben Ordnung halber: Ich war Großmann während der Wende behilflich: Auf meine Initiative hin konnte er der Öffentlichkeit seine Sicht der Dinge in einem exklusiven *Spiegel*-Gespräch erklären. Das Nachrichtenmagazin hat ein von mir ausgehandeltes Honorar von immerhin 20.000 Mark gezahlt.

Im Übrigen vermittelte ich Großmann noch zu Zeiten der Existenz der DDR ein zukunftsweisendes Gespräch mit dem dritten Mann des BND, mit Volker Foertsch. Sie lernten sich im August 1990 vor dem (Ost-)Berliner Tierpark kennen.

Großmann wollte damals über den BND die Chancen seines eigenen »Überlebens« und das seiner Genossen erkunden. Den »Nachrichtenhandel« hat er mir bis zum Erscheinen seiner Erinnerungen niemals vorgehalten. Im Gegenteil. Kaffee wie Kuchen waren Großmanns »Belohnungen« – serviert von seiner charmanten Gattin Brigitte.

Eichner wirft mir darüber hinaus vor, ich hätte die »Mehrzahl« meiner »Behauptungen« über »das MfS und seine leitenden Mitarbeiter« bereits 1994 in »DDR contra BRD« publiziert. Erst nach dessen Erscheinen lagen mir beispielsweise die BND-Dossiers über Großmann, Hans Fruck, Markus Wolf oder Erich Mielke vor. Auch das Innenleben des BND war noch nicht in »DDR contra BRD« verarbeitet. Eichner hat weitere »Enttarnt«-Kapitel ausgeklammert, wohl weil sie seiner »Antikommunismus«-These zuwiderlaufen.

Er meint, erkannt zu haben, ich hätte meine Quellen einer »unwissenschaftlichen Methode« unterworfen. Sollte ich meine geheimdienstlichen Wegweiser etwa enttarnen? Das hat er in seinem Publikationen schließlich auch nicht getan. Einen Anspruch als Geschichtswissenschaftler habe ich niemals erhoben. Das habe ich mit ihm gemein.

Trotz aller »Antikommunismus«-Schelte gesteht Eichner mir trotzdem zu, »interessante historische Vorgänge dargestellt (zu haben), die wertvolle Ergänzungen zur Geschichte der internationalen Geheimdienstgeschichte bringen«. Er ergänzt gar, ich hätte »einige neue (wichtige) Erkenntnisse hinzu(gefügt)«. Nanu? Dann aber vermisst er »Quellen der östlichen Seite zu diesem Thema«.

Unfug. Im Kapitel Hans Fruck habe ich vorab aus Publikationen des Militärverlags der DDR zitiert. Fruck habe ich, Eichner möge das bitte zur Kenntnis nehmen, als wahren Antifaschisten beschrieben, der freilich eines bitteren Tages (nach dem Machtantritt Honeckers) an der MfS-Nomenklatura verzweifelte.

Eichners Hinweis, ich hätte die »Vertreter des antifaschistischen Widerstandes« bei der MfS-Gründung ignoriert, ist schlichtweg unwahr.

Er wirft mir »antikommunistische Hetztiraden« selbst im Fall der GRU vor, des Geheimdienstes der Roten Armee. Die GRU habe ich hingegen als einen der weltweit effektivsten Nachrichtendienste vorgestellt, aber ihre Beteiligung an Stalins Säuberungen nicht unterschlagen. Versteht Eichner Hinweise auf die Mordorchester der GRU als »antikommunistische Hetztirade«?

Zur Absetzung Walter Ulbrichts: Eichner will nicht glauben, dass es auf Ulbrichts Sommersitz in Dölln zu einem Schusswechsel gekommen ist, in dessen Verlauf die Ehefrau eines Ulbricht-Personenschützers durch einen Querschläger ums Leben kam. Eichners »Zeuge«: die Zentrale Ermittlungsstelle für Regierungs- und Vereinigungskriminalität (ZERV). Sie habe, so Eichner, »eine solche Feststellung nicht treffen können«. Das stimmt. Nur warum? Weil sich zwei Zeitzeugen gegenüber der ZERV nicht erinnern wollten. Mir gegenüber indes sehr wohl. Die ZERV-Akte liegt nicht Eichner vor, sondern ich habe sie archiviert.

Selbst Markus Wolf zeigte sich entsetzt. Honeckers Personenschützer seien mit »entsicherten Maschinenpistolen« aufmarschiert. Eichner kann diesen Schlüsselsatz in Wolfs »Spionagechef im geheimen Krieg« nachlesen.

Mit 20-jähriger Verspätung will Eichner diese Affäre endlich aufklären. Donnerwetter. Sie soll »durch kompetente Zeitzeugen aus den Reihen des MfS« erfolgen. Durch wen, bitte sehr, denn sonst?

Nachtrag: Ich bin ein gebranntes Kind. Im Mai 2002 hat der BND mich in meinem Wohnort in Hamburg-Harvestehude sieben Tage observieren lassen. Ziel dieses Steuergeld verschlingenden Angriffes: in flagranti meine Informanten auffliege lassen.

Pullach hat nicht einen namhaft machen können.

Darauf reagierte ich erneut öffentlich. Unter der Dachzeile »Fehl- bis Falschdarstellungen« wies ich die demagogischen Vorhaltungen Kochs in der *jungen Welt* am 29. Juli 2011 zurück.

Zur Wortmeldung von Peter-Ferdinand Koch

Es lohnt sich nicht, auf alle z. T. merkwürdigen Anmerkungen von Peter-Ferdinand Koch einzugehen, aber einiges erfordert doch eine gebührende Antwort.

Das betrifft z. B. die Ausführungen zum Kontakt von Herrn Koch mit Werner Großmann. Natürlich ist der letzte Leiter der HV A selbst in der Lage, den Sachverhalt objektiv zu schildern. Für mich sind die Darstellungen von Werner Großmann in seinem Buch »Bonn im

Blick« dazu die wahrheitsgemäße Sicht. Wenn der Nachrichtenhändler Koch mir unterstellt, ich sei doch in meiner früheren Tätigkeit als Mitarbeiter der Aufklärung der DDR auch nur ein solcher gewesen, dann grenzt das schon an eine Beleidigung. »Nachrichtenhändler« verkaufen beliebige Informationen an beliebige Empfänger nur zum Zwecke des Gewinns. Allein das Geld ist ihre »moralische Legitimation«, deshalb sind sie ja »Händler«.

Dass der Dienst in der Aufklärung der DDR eine ganz andere, eine politische Legitimation zur Grundlage hatte, kann und will natürlich Herr Koch mit seinem antikommunistischen Weltbild nicht wirklich begreifen. Gerade deshalb unterstreiche ich hier noch einmal seine Aussage: Ja, ich habe freiwillig und aus Überzeugung 33 Jahre meinen Dienst als Offizier des Ministeriums für Staatssicherheit der DDR geleistet.

Selbstverständlich sind weder Herr Koch noch Klaus Eichner Historiker im streng wissenschaftlichen Sinne. Aber wer mit Sachbüchern zu zeitgeschichtlichen Themen in die Öffentlichkeit tritt, sollte sich doch wohl strengen wissenschaftlichen Kriterien unterwerfen. Dazu gehören auch eine solide Quellenarbeit und ein nachvollziehbarer Umgang mit den Quellen der beschriebenen Sachverhalte. Eine Anhäufung bewusst anonymer Berufungen auf Recherchen des Autors lässt zumindest die Frage offen, ob darunter nicht gewollt oder ungewollt auch Fehldeutungen bis hin zu Falschdarstellungen verborgen sein können. Wer kann denn einschätzen, ob die »geheimdienstlichen Wegweiser« des Herrn Koch solide Informationen übermittelten oder vielleicht auch nur

»Nachrichtenhändler« waren? Niemand kann und soll sie befragen!

Im Übrigen bin ich dankbar, dass Herr Koch hier öffentlich bestätigte, dass zu seinem »privaten Kontaktkreis« auch Vertreter der US-amerikanischen Geheimdienste gehören. Das komplettiert das Bild.

In Ergänzung dieser Stellungnahme schrieb Werner Großmann, den Koch ebenfalls meinte öffentlich bloßstellen zu müssen, einen Leserbrief, der in der *jW* am 30./31. Juli 2011 erschien.

Wohltäter, oder?

Im Schreiben des Hamburger Buchautors P.-F. Koch als Erwiderung auf kritische Bemerkungen von Oberst a. D. Klaus Eichner bezüglich Kochs Buch »Enttarnt« werden auch meine Frau und ich erwähnt. Koch bezeichnet sich faktisch als Helfer und Wohltäter für uns. Das widerspricht zutiefst meiner und meiner Frau Einschätzung.

Ich verweise diesbezüglich auf meine Aussagen, die ich bereits in meinem Buch »Bonn im Blick« 2001 vorgenommen habe. Ich schreibe dort u. a. folgendes: »Im Juni 1990 klingelt ein mir unbekannter Mann an der Gartenpforte unseres Hauses in Hohenschönhausen. […] Sicher im Auftreten, redegewandt gibt sich der sonst arrogant und überheblich auftretende Mann verständnisvoll und mitfühlend. Ohne lange zu fackeln bietet er mir an, mein nachrichtendienstliches Wissen zu vermarkten. Er könne Kontakte zum israelischen Geheimdienst Mossad vermitteln und schlage in diesem Falle eine Übersiedlung mit Ehefrau nach Wien vor. Er verfüge aber auch über Beziehungen zu amerikanischen Diensten und sei bereit, auch da den Weg zu bahnen.«

Nachdem ich und meine Frau dies strikt abgelehnt hatten, versuchte er bei anderen Mitarbeitern sein Glück. Das gelang ihm z. B. bei dem ehemaligen stellvertretenden Abteilungsleiter K.-Ch. Großmann, der mit mir weder verwandt noch verschwägert ist. Dieser Herr verriet Kundschafter von uns, darunter Dr. Gabriele Gast, die im BND arbeitete. Ich schrieb in meinem Buch dazu: »Koch, der dies alles mit vermittelt und einleitet, erregt sich mir gegenüber lediglich über Karl-Christoph Großmanns Forderungen nach einem Kopfgeld von 500.000 DM. Er nennt es unverschämt.

Das Ganovenduo, das sich gesucht und gefunden hatte, reduzierte sich nun selbst auf das, was es wirklich interessierte: Geld.«

Um beim Geld zu bleiben: Koch schreibt, dass er für mich 20.000 Mark beim *Spiegel* ausgehandelt habe. Dazu schrieb ich in der erweiterten 2. Auflage meines Buches 2001: »Koch behauptet später in seinem Buch ›Die feindlichen Brüder‹, mir sei es lediglich um ein fünfstelliges Honorar gegangen. Ganz davon abgesehen, dass der windige Vermittler mit Sicherheit nicht weniger einsteckte, brauchte ich die 10.000 DM dringend für Anwaltshonorare.«

Wo also sind die restlichen 10.000 DM, Herr Koch?

Herrn Koch möchte ich in Erinnerung rufen, dass sich meine Frau und ich im September 1990 weitere Besuche

von ihm verbaten, nachdem er mir – unter starkem Alko-
holeinfluss von K.-Ch. Großmann kommend – von seiner Rolle im Kontakt zu diesem Herrn erzählt hatte.

Spätere telefonische Kontaktversuche seinerseits wie-
sen wir zurück.

Herr Koch soll wissen, dass meine Frau und ich auch
heute noch voll zu der Einschätzung seiner Person, die
ich in meinem Buch vorgenommen habe, stehen.

Am 25. Juli reagierte Diether Dehm per Mail auf die
Übersendung meines Beitrages plus Kommentar durch
die GRH. Seine Antwort ging als Kopie auch an meine
Adresse.

Mail von Diether Dehm

Liebe Genossen Hans Bauer, Dieter Stiebert,
    vor allem aber Klaus Eichner,
    für das Übersenden des Wortlauts des an die *junge
Welt* gerichteten Briefes danke ich – und ich finde es gut,
als Genossen zu kommunizieren.

Deshalb auch gleich eine Bemerkung zu der Feststellung im Schriftsatz von Genossen Eichner: Beim ›Roten
Bock‹ wird immer und generell eine Podiumsdiskussion
– das heißt, eine Diskussion auf dem Podium zum
Zuhören und -schauen des Publikums angeboten. Insofern war auch am 3. Juli eine allgemeine Diskussion
nicht eingeplant und nicht angeboten. Stammgäste wissen das – wobei gelegentlich natürlich Zwischenrufe unsere Veranstaltungen beleben – was ja aber keine Frage

von »Zulassen« oder nicht ist. Ich fand die Diskussion ausgesprochen interessant und aufschlussreich – habe auch solches als allgemeines Echo gehört. Insofern kann ich die Einschätzung, die Klaus Eichner über den Autor von ›Enttarnt‹ trifft, nicht teilen.

Zu meinem Satz und Bezug auf den Vorfall, der wohl den meisten Ärger von Klaus Eichner hervorrief: Es hat mich tatsächlich sehr getroffen, dass jemand wie Braun für Werthebach zum MfS-Abwickler wurde. Trifft das denn nicht zu? Warum sollten BRD-Rechercheure hier an der Aufdeckung ein Interesse haben? (Denn eigentlich wirft das ja auch ein bezeichnendes Licht auf die Qualität der Leute, die sich hier zu Werthebach-Erfüllungsgehilfen machten, oder?!)

Und ist der geschilderte Vorfall mit dem Todesfall einer Ehefrau und einem sich anschließenden Todesurteil nicht tatsächlich so, dass er ›mir die Kotze hochtreiben‹ konnte? Wer hat denn die Frau des Personenschützers getötet? Warum wurde das erste Geständnis manipuliert? Und wurde der Ehemann nicht hingerichtet? (Ich wäre sehr interessiert an einer Entgegnung mit Hilfe einer gründlichen Untersuchung durch kompetente Zeitzeugen aus den Reihen des MfS, die nun angekündigt wird.)

Und gibt Koch nicht genügend Belege für seinen großen Respekt vor der antifaschistischen Grundintention der MfS-Gründung? Zum Beispiel mit der Schilderung der Persönlichkeit von Hans Fruck. Wenn das »antikommunistische Hasstiraden« sind, was ist dann der *Spiegel* heute, sind die Auslassungen von Broder oder Knabe? Und nicht zuletzt: Warum hat mir Erich Schmidt -Eenboom ausdrücklich zum positiven Umgang mit Kochs in seinem Buch zusammengetragenen »Goldstaub« geraten? Ist Schmidt-Eenboom etwa auch unter die »antikommunistischen Hasser« zu subsumieren?

Bleibt die immer noch bestehende Frage, warum die Linken sich mehr gegeneinander wenden als gegen ihre doch genügend vorhandenen Gegner – und warum dabei potenzielle Bündnispartner immer wieder mehr verprellt als gewonnen werden müssen? Ein »Muss« ist das für uns gar nicht.

Insofern mit den besten, weil sozialistischen Grüßen Diether Dehm.

Dr. Diether Dehm, MdB

Europapolitischer Sprecher der Fraktion DIE LINKE.

Mittelstandspolitischer Sprecher der Fraktion DIE LINKE.

Ich antwortete am 1. August darauf per Mail.

Lieber Genosse Diether,

normalerweise hätte ich auf dieses Buch gar nicht reagiert, denn es gibt ja genügend solcher hasserfüllten Elaborate. Aber da Du als gestandener linker Politiker das Buch in das Zentrum Deiner Veranstaltung gestellt und es zuvor so wohlwollend rezensiert hattest, musste ich einfach reagieren.

Ich hatte und habe nicht vor, das ganze Buch im Detail zu analysieren. Da sind auch einige gute Sachen enthalten.

Aber was dort (selbst im Kapitel zu Hannes Fruck) an Angriffen gegen das MfS insgesamt und gegen leitende Mitarbeiter des MfS geschrieben steht, kann nicht unwidersprochen bleiben.

Hier nur einige grundsätzliche Fragestellungen:

Dich haben besonders die Darstellungen von Koch über die Ereignisse in Dölln beeindruckt. Dazu nach Rücksprache mit Genossen der HA Personenschutz, die zum Teil direkt zum Begleitkommando von Walter Ulbricht gehörten, folgende Anmerkungen:

1. Es hat definitiv keinen Schusswechsel vor dem Sommersitz Dölln gegeben.

Damit fällt auch die von Koch daran geknüpfte Konstruktion über den Tod der Ehefrau des Personenschützers Mischner in sich zusammen, wird zur Lüge. Den Mord an der Ehefrau hat es wirklich gegeben, aber mit ganz anderen Zusammenhängen, die ich im Augenblick noch weiter recherchiere.

Es fehlt schon an elementarer Logik zu behaupten, dass eine »unbeteiligte Person« im Eingangsbereich des Sommersitzes auftaucht – und dann auch noch die Ehefrau eines Personenschützers.

2. Das Gespräch mit Walter Ulbricht zur endgültigen Entgegennahme seiner Rücktrittserklärung war keine Einzelaktion von Honecker. Es ist nicht einmal klar, ob Honecker selbst an diesem Tag in Dölln war. Es werden verschiedene Namen von Mitgliedern des Politbüros genannt, die an diesem Tag Walter Ulbricht in Dölln aufgesucht hatten (Stoph, Verner, Mückenberger).

Das wirklich Kritikwürdige an diesem Vorgang ist der Umgang der Parteiführung mit ihrem kranken Vorsitzenden. Dem war ein denunziatorischer Brief von dreizehn Mitgliedern und Kandidaten des Politbüros vom 21. Januar 1971 an Breshnew vorangegangen (der Brief ist nachzulesen in: »Lotte und Walter«, Das Neue Berlin,

2003, S. 142ff.). Dann kam es zu mehreren Gesprächen zwischen Ulbricht und Breshnew während des XXIV. Parteitages der KPdSU in Moskau, in denen Ulbricht sich schon bereit erklärt haben soll zurückzutreten. Die Erklärung von Dölln brauchte das Politbüro nur noch als Grundlage für die 16. Tagung des ZK, auf der dann Honecker zum Nachfolger bestimmt wurde.

3. Noch einmal zur »Schießerei«. Woher Markus Wolf seine Darstellung bezog, ist mir nicht klar, aber sie ist falsch. Abgesehen davon, dass die Personenschützer nicht mit Maschinenpistolen »aufgerüstet« werden mussten: die MPi »Skorpion« gehörte zur Grundausstattung der Begleitkommandos des Personenschutzes für Politbüromitglieder.

Dass die Personenschützer vom Sicherungskommando in Dölln, die Fahrzeuge und Personal der einzelnen Begleitkommandos genau kannten und in der Regel per Funk sich gegenseitig informierten, eine solche Handlung als »Aktion des Klassenfeindes« missdeuten könnten, ist schlicht und einfach Quatsch, aber in einer solchen Aussage von Koch eben gewollt.

Zum Komplex der Abteilung »Innere Sicherheit« in der Hauptabteilung II des MfS:

Zur Funktion dieser Abteilung ein Auszug aus dem Handbuch MfS, Teil Hauptabteilung II, herausgegeben von der BStU: »Nach der Zuständigkeitsverteilung des MfS hatte die Abteilung nachrichtendienstliche Angriffe gegen Angehörige bzw. ehemalige Angehörige des MfS, gegen das inoffizielle Netz, gegen Angehörige und Einrichtungen der Dienststellen des KGB im Sondergebiet Berlin-Karlshorst und gegen die Sektion Kriminalistik an der Humboldt-Universität abzuwehren. Die MfS-Angehörigen und deren Familien wurden gegenüber westlichen Geheimdiensten abgeschirmt und bei Vorliegen von Verdachtsmomenten ›bearbeitet‹.

Eine wesentliche Aufgabe der HA II/1 lag in der Bearbeitung von inoffiziellen Mitarbeitern, die verdächtigt wurden, als Doppelagenten tätig zu sein. Diese Abteilung arbeitete ebenfalls mit einer breiten IMB-Basis. Einen wichtigen Punkt stellte die Zusammenarbeit mit der HA Kader und Schulung dar, da Disziplinarverstöße als mögliche Ausgangspunkte für Verratsfälle untersucht wurden. Aber auch vorgangs- und personenbezogene Arbeit ›nach dem Operationsgebiet‹ und die dazugehörende Werbung von Agenten unter westdeutschen Bürgern zur Gewinnung von Informationen ›aus dem Lager des Feindes‹ bildeten Aufgabenschwerpunkte.«

Das klingt selbst aus der Feder der BStU sachlicher als die Beschreibungen von Herrn Koch.

Aber ganz prinzipiell:

Warum ignorierst Du die fast durchgehende Gleichsetzung des Naziterrors mit der Tätigkeit des MfS in der DDR durch Koch?

Bei Koch kann man u. a. lesen:

Die »Innere Sicherheit« bewegte sich also wie ein Staat im Staat, so wie die SS im Dritten Reich.

Koch bezeichnet den Genossen General Günter Möller als »Himmler der Staatssicherheit«, setzt ihn also gleich mit dem Reichsführer SS – das ist eine Ungeheuerlichkeit!

Bezüglich Edgar Braun finden wir solche Aussagen, wie

Die Vergangenheit des MfS-Generals war blutgetränkt;

Braun, der Scharfrichter Mielkes;

Brauns Aufstieg zum Henker war einmalig – verbunden mit sadistischer Gewalt. Ihm werden als gängige Praxis Kinnhaken, Tritte in die Genitalien u. v. a. unterstellt;

sein Spitzname im MfS: »Bluthund«;

[…] durch nichts unterschied sich die »Innere Sicherheit« von der menschenverachtenden Vernehmungspraxis der Gestapo. Edgar Braun wäre ebenso als SS-Standartenführer im Reichssicherheitshauptamt durchgegangen, […]

Sind nicht solche Behauptungen Anlass, einem die Kotze hochzutreiben?

Kann man über solche beleidigenden und politisch klar an der Totalitarismustheorie ausgerichteten Charakterisierungen einfach hinwegsehen? Muss man da als politisch denkender Mensch mit einer sozialistischen Weltanschauung nicht klipp und klar Stellung beziehen?

Wenn Du natürlich meinst, es sei richtig so, wie Koch das darstellt, das muss so gesagt werden – dann sind ja die Fronten klar.

Du hast Dich bisher von diesen antikommunistischen Angriffen weder in der Rezension noch im »Roten Bock« noch bei Deiner Antwort an mich distanziert. Warum nicht?

Zur Rolle von Edgar Braun und anderen leitenden Mitarbeitern des MfS bei der Auflösung des MfS/AfNS empfehle ich nachzulesen die betreffenden Passagen in »Die Sicherheit – Zur Abwehrarbeit des MfS«. Dort sind einige Motive der Kontakte zum BfV – auch mit selbst-kritischer Sicht – dargestellt. Ein ganz anderer Ton als bei Koch – aber Du verteidigst unkritisch Kochs Thesen zur Rolle von Edgar Braun.

Der Einfachheit halber kopiere ich Dir die wichtig-sten Sätze aus »Die Sicherheit«, Berlin 2002, Band 1, S. 38ff.: »Eine notwendige Empfehlung zur Nachlese von Edgar Braun, Heinz Engelhardt, Günter Möller und Gerhard Niebling.«

Die Autoren weisen darauf hin, es gab notwendige Aktivitäten zum Schutz der Kundschafter (und IM). Dazu verfasste Generalmajor Gerhard Niebling im Früh-jahr 1990 ein Papier (*a. a. O., S. 38*). Weiter wörtlich: »Dieses Papier fand damals die prinzipielle Billigung aller in die Auflösung des MfS/AfNS einbezogenen Ge-neräle und Oberste der Abwehr und der Aufklärung, zu denen auch der Leiter der HV A gehörte. […]

Der Inhalt dieses Papiers diente General Braun zur Orientierung, als er entsprechend einer Weisung des In-nenministers Diestel zu Gesprächen ins Bundesinnen-ministerium reiste. Edgar Braun war seit Mai 1990 der einzige Berater beim staatlichen Auflösungskomitee. Die anderen Generäle waren zu diesem Zeitpunkt bereits ent-lassen worden.

In Bonn traf er auf Dr. Eckart Werthebach, der als Berater des DDR-Innenministers, Dr. Peter-Michael Diestel, tätig war, und auf den Präsidenten des Bundes-amtes für Verfassungsschutz, Gerhard Boeden.

Mit diesen sprachen danach – auch nach Vermittlung durch Edgar Braun – die Generäle Werner Großmann und Günter Kratsch.

Immer ging es dabei um die Möglichkeiten der Lösung von IM-Problemen in der BRD, insbesondere um die Abwendung drohender Strafverfolgung, ohne dass auch nur die geringsten Daten Inoffizieller Mitarbeiter preisgegeben worden wären. […]

Nicht die Sorge um ihr eigenes Schicksal, sondern die legitimen Sicherheitsinteressen vieler Menschen veranlassten die Generäle dazu, mit dem einstigen Gegner zu sprechen. […] Aus der Sicht von heute muss bilanziert werden: Alle Bemühungen liefen ins Leere. Wir hingen der Illusion an, das deutsch-deutsche Geheimdienstdrama gemeinsam zu bewältigen. Schließlich hatten beide Seiten ihren Anteil am Kalten Krieg. Weshalb sollte man nicht auch zusammen die Folgen dieser Auseinandersetzungen überwinden?

Damals, zu Beginn der 90er Jahre, gingen die Verantwortlichen auf der DDR-Seite davon aus, dass es legitim sei, sich auch an ›Strohhalme‹ zu klammern. Es ging um jede Chance, mit Anstand auch schwierige Probleme zu lösen. Möglicherweise war das alles eine Gratwanderung, die eigentlich schon damit begann, als einige Generäle in die Beratergruppe zur Auflösung des MfS/AfNS berufen wurden und dadurch schon Gefahr liefen, als Verräter abgestempelt zu werden. Das wurde dann auch spürbar. […]

Diese ehemaligen Berater können jedem Mitarbeiter und jedem Inoffiziellen Mitarbeiter offen in die Augen sehen. Keiner von ihnen machte sich schuldig. Jeder wusste und weiß, wozu ihn seine Herkunft und Vergangenheit verpflichtet.

Das sollte auch kein anderer vergessen.«

Dieser Bewertung unserer Handlungen im Prozess der Auflösung des MfS/AfNS, an denen ich selbst an verschiedenen Stellen und im Kontakt mit den Genannten beteiligt war, schließe ich mich uneingeschränkt an.

Kann man unter diesen Voraussetzungen Peter-Ferdinand Koch wirklich als potenziellen Bündnispartner für linke Politik ansehen?

Die Bewertung von Erich Schmidt-Eenboom bezüglich des »Goldstaubes« bezieht sich wohl eindeutig auf einige wirklich interessante Details aus der Frühgeschichte der westdeutschen Geheimdienste, die Koch aus freigegebenen CIA-Akten herausgefiltert hat. Das betrifft Ergänzungen zu Personalangaben und auch einige neue Erkenntnisse über Akteure in den Geheimdiensten. Aber die Mehrheit dieser Aussagen haben Gotthold Schramm und ich bereits im Jahre 2007 in unserer Dokumentation »Angriff und Abwehr« der Öffentlichkeit vorgelegt, nicht zuletzt auch auf der Basis des »Braunbuches« der DDR von 1968.

Die Polemik zu diesem Themenkomplex fand ihre Fortsetzung in der *jungen Welt* am 8. August 2011. Diesmal meldete sich der von Koch geschmähte Edgar Braun.

Erfindungen und Lügen

Brauns Erklärung stellte die Zeitung folgenden Text voran: Am 27. Juni veröffentlichte *jW* an dieser Stelle eine Rezension von Diether Dehm zu dem Buch »Enttarnt« des früheren *Spiegel*-Mitarbeiters Peter-Ferdinand

Koch. Uns erreichten dazu verschiedene Stellungnahmen von ehemaligen Mitarbeitern des Ministeriums für Staatssicherheit (MfS) der DDR (siehe *jW* vom 13. Juli, 29. Juli und 30./31. Juli) sowie von Peter-Ferdinand Koch (26. Juli). In dem Buch wird u. a. behauptet, es habe beim Wechsel in der DDR-Führung von Walter Ulbricht zu Erich Honecker 1971 am Sommersitz Ulbrichts in Groß-Dölln einen Schusswechsel zwischen Personenschützern gegeben, bei dem eine Frau M., die Ehefrau eines Personenschützers, durch Querschläger ums Leben gekommen sei. Der Vorfall sei vertuscht und als Eifersuchtsdrama dargestellt worden.

In der Rezension Diether Dehms hieß es, das Buch Kochs zitierend: »Ausgerechnet der Arrangeur dieses Justizterrors, Edgar Braun, den andere MfS-Genossen zum ›Himmler der Staatssicherheit‹ ernannt hatten, wurde 1989 für BRD-Geheimdienstchef Eckart Werthebach zum MfS-Abwickler und Verfolger seiner früheren Kollegen, zum ›Wendewerkzeug‹«.

Edgar Braun sandte uns dazu folgende Erklärung:

»Die Vergleiche meiner Tätigkeit und meiner Person mit Titularien im Jargon nationalsozialistischer Massenmörder ist eine Ungeheuerlichkeit des Autors Koch.

Den Sachverhalt von 1971 und den Namen des Mitarbeiters der Hauptabteilung PS M. habe ich erstmals durch oben genanntes Buch erfahren. Gleiches trifft auf den Sachverhalt G. aus dem Jahre 1966 zu.

Dieter Dehm bezeichnet mich in Anlehnung an die ungeheuerlichen Lügen von Koch als ›Arrangeur des Justizmordes‹. Mir ist weder der Mitarbeiter M. noch seine Ehefrau sowie der Sachverhalt bekannt.

1971 arbeitete ich in der Spionageabwehr der Hauptabteilung II und die Probleme der ›Inneren Abwehr‹
waren nicht Gegenstand meiner Tätigkeit. Von 1978 bis
zur Versetzung zur Hauptabteilung XIX am 15. Februar
1982 war ich Leiter der Hauptabteilung II/1.

Beide angegebenen Daten Kochs zu meiner Versetzung sind falsch.

Arbeitsgegenstand war die Gewährleistung der inneren Sicherheit des MfS und die Abwehr geheimdienstli-
cher Angriffe gegen die Mitarbeiter, deren Angehörige
sowie gegen inoffizielle Mitarbeiter.

Die mir von Koch im Nazijargon unterstellten physischen und psychischen Gewaltanwendungen gegen
operativ in Bearbeitung befindliche Personen sind Erfindungen und Lügen des Autors und entsprechen offensichtlich seinem tiefen antikommunistischen Hass,
der darauf gerichtet ist, mich als Person zu diffamieren.
Dabei macht er nicht einmal Halt vor meiner Familie.

Es ist auch die Rache Kochs, dass ich mich, im Unterschied zu einigen anderen Angehörigen des MfS, trotz
seiner Drohungen in den 90er Jahren nicht mit ihm ein-
gelassen habe. Erst nach der Ankündigung rechtlicher
Schritte ließ er von weiteren Aktivitäten ab.

Zu den von Koch genannten und von der ›Inneren
Abwehr‹ bearbeiteten Personen und deren Ehefrauen erkläre ich ausdrücklich, dass ich zu keinem Zeitpunkt
persönlichen Kontakt zu diesen hatte und an Vernehmungen nicht teilnahm. Es sind dreiste Lügen und Unterstellungen des Autors.

Es war allgemeine Praxis im MfS, dass nach Abschluss der operativen Ermittlungen im Rahmen von

operativen Vorgängen die weitere Bearbeitung durch das Untersuchungsorgan des MfS in engem Zusammenwirken mit den Richtern und Staatsanwälten erfolgte. Auf den Abschluss der Vorgänge durch das Untersuchungsorgan und die Urteile hatte ich keinerlei Einfluss.

Für mich besonders enttäuschend ist, dass Dieter Dehm diesen Lügen Glauben schenkte und teilweise die menschenverachtenden Zitate Kochs übernahm. Koch machte auf mich in dem im Internet zu sehenden Video einen diffusen und unkonzentrierten Eindruck. Ich spreche ausdrücklich von den Passagen die meine Person betreffen. Ich habe zu keinem Zeitpunkt von der anderen Seite eine Rente bezogen. Selbst als Koch erklärte, dass er diese Darstellung nicht belegen kann, ließ der Moderator dies im Raum stehen.

Ich war zu keinem Zeitpunkt weder Werthebachs »Erfüllungsgehilfe« noch »MfS-Abwickler«. Es gab keinen »Stab Braun«, der »den westdeutschen Geheimdiensten die Türen zu den MfS-Archiven öffnete«. Dies sind Unwahrheiten und Unterstellungen des Autors Koch.

Nach der Entlassung der ehemaligen Generale Engelhardt, Niebling und Möller Ende März 1990 unterstand ich mit weiteren Mitarbeitern der Abwehr dem Staatlichen Komitee zur Auflösung des MfS. Ich hatte weder Zugang zu den Archiven noch zu den archivierten Akten.

Nach Ernennung von Dr. Diestel als Innenminister übernahm ich, wie auch der Verantwortliche der Hauptverwaltung Aufklärung, eine beratende Tätigkeit. Dr. Diestel war vom Umfang und dem Mechanismus der Tätigkeit des MfS offensichtlich überrascht. Täglich erschienen Presseveröffentlichungen in reißerischer Aufmachung, mit denen er in der Volkskammer konfrontiert wurde. Die Erarbeitung von Stellungnahmen nach entsprechenden Recherchen in den Abwehrbereichen zu den Presseveröffentlichungen gehörten zum Gegenstand meiner Tätigkeit.

Über Dr. Diestel lernte ich Werthebach kennen. Gleichfalls überrascht von den umfangreichen Presseveröffentlichungen über die Tätigkeit des MfS und den dem westdeutschen Dienst vorliegenden Verräterinformationen ging ich auf Bitten Diestels und Werthebachs zu einem Gespräch mit dem Präsidenten des Bundesamtes für Verfassungsschutz Boeden im August 1990 ein. Dies erfolgte in Abstimmung mit Dr. Diestel und weiteren Mitarbeitern des MfS und im Wissen, dass die Hauptverwaltung Aufklärung im Amt eine Quelle besaß.

Dass das Gespräch eine Gratwanderung werden würde, war mir und den einbezogenen Mitarbeitern klar. Es gab einen Grundkonsens, dass keinerlei Gespräche über Quellen des MfS geführt werden.

Überlegungen unsererseits waren dabei, dass immer klarer wurde, wohin sich die Politik der Volkskammer bewegte und dem westdeutsche Dienst durch Überläufer der Aufklärung und Abwehr für ihn »unglaubliche« Informationen vorlagen. Der Leiter der Auswertung der Hauptabteilung III und spätere Mitarbeiter des *Spiegel* verbrachte z. B. mehrere Koffer Originalinformationen der funkelektronischen Aufklärung, darunter auch die dem MfS vorliegenden Erkenntnisse über Bundeskanzler Kohl und weiterer Politiker.

Weiterhin ging es um die Auslotung von Positionen beim westdeutschen Dienst für eventuelle spätere Vereinbarungen über die Abwehr von Strafverfolgungen gegen Kundschafter und inoffizielle Mitarbeiter in der BRD.

Grundlage für Letzteres war ein von Generalmajor Niebling im Februar 1990 verfasstes und im Buch »Die Sicherheit« nachzulesendes Papier zum Schutz der inoffiziellen Mitarbeiter.

Nachdem es 1991 Signale durch die bundesdeutsche Seite für eine Lösung des Problems gab, kam es Mitte 1991 zu einem weiteren Gespräch zwischen Boeden und verantwortlichen Generälen der Abwehr und Aufklärung.

Wie bekannt, wurden die erarbeiteten Grundsätze durch die westdeutsche Seite prinzipiell abgelehnt.

Inwieweit vorliegende Sachverhalte dem Autor des Buches bekannt waren, kann ich nicht beurteilen. Auch wenn er diese kannte, würde das nicht zur Rufmordkampagne gegen mich und meine Familie passen.

Alle diskriminierenden Fakten zu meinem Privatleben sind Erfindungen des Autors.«

Fazit

Wir haben es hier gewissermaßen mit einer Fallstudie zu tun. Am konkreten Beispiel wird durchexerziert, wie aus Fakten, Gerüchten, Halbwahrheiten und Legenden mit flotter Feder ein Text gedichtet wird, der den Anschein von Authentizität vermittelt. Die politische Grundierung ist nur an bestimmten Vokabeln erkennbar, aber wer sie nicht zu deuten weiß, wird von keinem Zweifel heimgesucht. Alles wirkt sehr überzeugend und glaubwürdig.

So arbeiten alle »Aufarbeiter« der DDR-Geschichte, die sich seriös und verständnisvoll geben. Sie sind, bei Lichte betrachtet, weitaus gefährlicher als die antikommunistischen Draufschläger, die aus ihrem Antikommunismus kein Hehl machen. Diesen durchschaut man.

Peter-Ferdinand Koch ist von jedem etwas. Die von ihm zu Dölln und zum Mordfall Mischner als Fakten dargestellten Ereignisse sind vielfach Fiktionen und zum Teil nachweislich bewusste Unwahrheiten.

Die einzigen, die den vermeintlich den »Aufarbeitern« Paroli bieten können, sind Zeitzeugen, Beteiligte und Betroffene. So auch in diesem Falle. Aber mit den Jahren wird deren Zahl immer geringer, und auch bei ihnen schwindet die Erinnerung. Und mancher hat gar kapituliert, weil er meint, es habe doch ohnehin keinen Zweck, die Meinungsmacher haben hierzulande die Mehrheit. Was nützt da der Widerspruch?

Natürlich trifft es zu, dass wir gegen die Millionenauflagen der Massenblätter, gegen die uniformen Meinungsmacher in Rundfunk und Fernsehen wenig bis nichts auszurichten vermögen. Der Mainstream wälzt sich dahin wie der Amazonas und reißt alles mit, was da und dort am Ufer oder im Flussbett sich störend in den Weg stellt.

Dennoch ist der Widerspruch keineswegs unnütz. Was gesagt und gedruckt wird, ist in der Welt und bleibt auch dort. Auch hier. Künftig kann keiner, der sich ernsthaft mit den vermeintlichen Schüssen in Dölln und einem militärischen Putschversuch gegen Ulbricht beschäftigen wird, den Käse kolportieren, den westdeutsche Wichtigtuer und andere Dampftrommler verbreitet haben. Es sei denn, er zahlte den Preis der Lächerlichkeit.

Wir werden auch künftig mit solchen Geschichten zu tun haben. Und darum sollten wir aufmerksam und kritisch bleiben. Es geht nicht darum, das letzte Wort über die Geschichte der DDR zu haben, sondern um die Wahrheit. Ein demokratisches Geschichtsbild heißt nämlich nicht, dass alles zulässig sei und jeder allen Quark unwidersprochen verbreiten dürfe. In der Mathematik beispielsweise hat kaum einer eine Chance, der der Meinung ist, dass zwei plus zwei fünf wäre.

Und so sollten wir es auch mit der Historie halten. Faktum bleibt Faktum, und Fantasie ist was für Belletristik.

Klaus Huhn
Der Auftragsmörder
aus Rheinsberg

SPOT LESS

Nummer
250
5,95 Euro

www.edition-ost.d

ISBN 978-3-360-02059-

spotless Nr. 250: *Ein Wichtigtuer aus Rheinsberg erklärte, als Killer der »Stasi« in der BRD unterwegs
gewesen zu sein. Klaus Huhn ging der Ente nach*

Klaus Huhn

Udo L.: Endgültig hinterm Horizont

Nummer
249
5,95 Euro

www.edition-ost.de

ISBN 978-3-360-02055-0

spotless Nr. 249: *Seit einem Jahr läuft in Berlin das Lindenberg-Musical. Klaus Huhn fragte sich, was aus dem ehemals kessen Udo L. geworden ist*

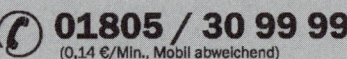